世界最強の努力家

才能が【努力】だったので効率良く規格外の努力をしてみる

The world's strongest hard worker

蒼乃白兎

Illustration 紅林のえ

1

第一話　【努力】の才能

才能とは神から授かるもの。

自身が何を目指すか、それを決定するためのしるべとなる。

12歳になった者たちは、神殿を訪れ、神からの啓示を頂く。

俺もその一人で、幼馴染のアンナと一緒に神殿を訪れていた。

「どんな才能が貰えるか楽しみだね」

「そうだな」

「私は【パティシエ】とか可愛《かわい》い才能がいいなー」

「甘いもの好きだもんな」

「うん！　これが終わったら食べたいぐらいね。だからお願いね」

「はいはい」

アンナは楽しそうにブロンドの髪をなびかせながらキラキラした目で言った。

きっとこの後に食べる予定のスイーツを想像しているのだろう。

で、それを作るのは会話から分かるように俺である。

周りは同じ12歳の子供たちでいっぱいだ。

その中でも断トツに可愛いアンナには自然と視線が集まる。

隣に並ぶ俺としては、勘弁してくれという思いが強い。

「あなたの才能は【剣士】ですね」

「よっしゃあ！」

列の先では次々と子供たちが神官から才能を告げられている。

神の啓示を伝えることが出来るのは高位神官という神官の中でも優れた人だけみたいだ。

一見、【剣士】は才能ではなく職業のように思えるが、これは剣術の才能がどれだけあるかを表していて、剣術と魔法が同じぐらい優れていたら【魔法剣士】と告げられることもあるそうだ。

要は言葉本来の意味に囚《とら》われることなく、告げられる人に最も分かりやすく伝わるように追求した結果、このような形になったらしい。

「【剣士】や【魔法使い】の人が多いね」

アンナは他の人の才能について感想を述べた。

「もともと才能が与えられることになったのは、魔物に対抗するためらしいからな。弱い人類を見兼ねて神様が助けてくれたってのが一説だ」

しかし、それだけでは文明が発展しなかったのか知らないが、【商人】だったり【鍛冶職人《かじ》】だったりという戦闘には関係ない才能も与えられている。

まぁ真実は神のみぞ知るってやつだ。

「リヴェルは何でも知ってるね」

「これぐらいなら割と多くの人が知ってるんじゃないか？」

「えー、そんなことないよ。だって私知らないもん」

「なるほど。じゃあ俺は同年代に比べると物知りな方かもな」

俺は納得したそぶりをして流すことにした。

「うん！　絶対そうだよ！」

こんな感じでアンナは俺を少し過大評価しているところがある。

喜んでいいのか悪いのか分からないので、俺はよく話をはぐらかしている。

まぁ物知りなのは否定しないさ。

なにせ俺には秘密があるからな。

それこそ誰にも言えないような秘密が。

「次の方どうぞ」

「はーい！　私です！　アンナって言います！」

どうやらアンナの順番が回ってきたらしい。

アンナが元気よく返事をし、その勢いで名前まで告げ、神官の前に立った。

周りで少し笑いが起きた。

「こ、これは……」

しかし、周りとは対照的に神官は目を見張った。

まさに驚愕《きょうがく》といった様子だ。

そして、アンナの才能をゆっくりと告げた。

「アンナさん――あなたは天才です。……あなたの才能は【竜騎士】です」

竜騎士。

騎士の才能の中でも最上位にあたるものだ。

ドラゴンは知能が高く、かなり強い。

自分より強い存在に敬意を示し、心優しい人間を好む。

その二つの条件が達成出来たとき、ドラゴンを手懐《てなず》けることが出来る。

つまり【竜騎士】を告げられる条件は、ドラゴンを手懐けることが出来るほどの優しい心を持ち、騎士としての破格の才能がなければならない。

「すげえええぇぇぇ！」

「可愛いのに強いとかなにそれもう最強じゃん！」

アンナの才能は誰もが認める素晴らしいものだった。

それはもうファンクラブなんかが出来そうな勢いで。

「え？　――え？」

アンナは何が起こっているのか理解出来ないのか、キョロキョロと辺りを見回している。

「アンナさん、明日また神殿にいらしてください。時間はいつでも構いません」

「……あ、はい。分かりました」

神官の言葉を受け、アンナは呆然として答えた。
……そりゃそうか。
アンナは優しくて戦いを好まない。
欲しかったのは【パティシエ】みたいな可愛くてみんなを笑顔にするような才能だ。
ただまぁ、あの啓示には納得してしまうところもある。
……なにせアンナは料理がめちゃくちゃ下手だから。
一度、俺はアンナの料理を食べたとき気絶しかけたことがある。
みんなを笑顔にするどころか死者が出てしまう。
……落ち込んでいる本人の前では絶対に言えないけどな。
「次の方どうぞ」
「へーい」
アンナの物凄い才能が告げられた後だ。
それに比べて俺の才能はかなりちっぽけに見えるだろう。
そのダメージを少しでも抑えるために俺はやる気なさそうに返事をした。
「え、ぷっふ。――すみません。才能をお告げしますね」
この神官、笑ったんだけど。
なんで？
もしかしてヤバい才能だったりする感じですか？

てか、人の才能見て笑うとか失礼じゃない？

「あなたの才能は　【努力】　です」

「は？」

反射的に声が出た。

そして周りは爆笑の渦に包まれた。

「「アッハッハッハッハッハ！」」

【努力】　なんて才能聞いたこともない。

ましてや才能なんて呼べる代物でもないことも明らかだ。

明らかに最低の才能。

【竜騎士】　と　【努力】。

その大きすぎる落差に笑いが生まれたのだ。

俺は思わず顔を伏せてしまった。

でも実を言うと、俺は悔しくて、悲しくて、そういった感情で顔を伏せたわけではない。

最低な才能を前にして、可能性を見出してしまった。

そのときの顔を見せれば、不気味に思われてしまうだろう。

この状況は悲観していなければおかしい。

だから顔を伏せた。

——才能は告げられる人が最も分かりやすい形で伝えられる。

どうやらこれは本当みたいだ。

【竜騎士】がいくら凄くても俺はそれを超える可能性を秘めた才能を手にした、と本気で思っている。

なにせ考えれば考えるほど【努力】という才能は俺にとって最適なものなのだから。

＊＊＊

幼少期の俺は、何でも知っている天才児として、大人たちにもてはやされていた。

でも俺は途中で知らないフリをするようにした。

実際知らないし、フリでもないか。

なにせ俺が持つ本来の知識ではなく、スキルによるものだったのだから。

○スキル《英知》
任意の情報を知識として手に入れることが出来る。しかし、秘匿されている情報は不可。

スキルを取得する方法は二つある。

一つは俺のようにスキルを持って生まれる方法。

もう一つは条件を満たして後天的に手に入れる方法。

前者は良いスキルである場合が多いが、スキルを持って生まれる者はごく稀だ。

そして後者は良いスキルほど取得するための条件が厳しくなる。

これらの情報も《英知》によって手に入れたものだ。

では手に入れられない情報とは何か。

この秘匿されている情報というのは外部に漏れないように厳重に保管されている情報だ。

ここで大事なのは誰にも知られたくないという意思。

例えば、街の私塾でどんな授業を受けているか俺は知ることが出来る。

何故なら、そこには授業の内容を隠そうとする意思は存在しないからだ。

以上の説明をしてみたものの俺は《英知》の全てを知ってはいない。

《英知》による《英知》の説明と経験から分かる事実を並べたに過ぎないのだ。

……と、話がズレたがこのスキル《英知》さえあれば【努力】という才能を最大限に活かせるのではないか？　と思った次第だ。

まぁ、そんなことを頭の片隅で考えながら、アンナと神殿から我が家に帰ってきた。

俺の実家はパン屋だ。

母さんの才能が【パン屋】だったこともあり、めちゃくちゃ美味《おい》しいと評判の店で今も客が何人も来ていた。

パンだけでなくケーキなどのスイーツも作っているため、幼馴染であるアンナは甘いものの虜《とりこ》になってしまった。

それで店の手伝いをよくしている俺が今日みたいに「甘いもの作って！」とアンナにお願いされるのだ。

まだ店が営業しているため、裏口からアンナと家に入る。

「おじゃましまーす」

「何食べたい？」

「今日の気分はパンケーキ！」

「この後夕食だろ？　パンケーキなんて食べたら、夕食が食べれなくなるんじゃないか？」

「お腹空《なかす》いてるから大丈夫！」

グッとアンナは親指を立てた。

それもとびきりの笑顔で。

「理由になってないだろそれ……。まぁいいか。今作るから待ってて」

アンナは結構食べるのでお腹が空いているなら大丈夫だろう。

「はーい」

アンナはそう言って、椅子に座り、ナイフとフォークを手に持ちながら待機している。

家にはキッチンが二ヶ所あり、一つは店用の機材が豊富に揃えられたところ。

もう一つはどこの家庭にもあるような普通のキッチンだ。

俺が今から使うのは、その後者。

冷蔵魔導具から材料を取り出して、慣れた手つきでボールに入れ、よくかき混ぜる。

フライパンに油をひいて、生地を焼き上げる。

両面に焼き目がついたらバターを塗り、皿にのせてたっぷりメープルシロップをかける。最後にレッドベリーとホワイトベリーをトッピングして完成。

「わー、美味しそうー！　いただきまーす」

「食べたら帰って両親に才能のことちゃんと伝えるんだぞ」

「うん分かってるよ……あ、これ美味しー」

笑顔でパンケーキを食べるアンナ。

俺も椅子に座って、机に頬杖をつきながらその姿を見ていた。

そして、パンケーキを食べて満足したアンナは家に帰った。

アンナの家は父さんが運営している道場の近くだ。

そろそろ父さんが家に帰ってくる頃なので、出会ったりするんじゃないかな。

「さてと、一人になったわけだし【努力】がどんな才能なのか確認してみるか」

スキル《英知》を使って、【努力】についての情報を得る。

○才能【努力】

どんな努力にも耐えることが出来るようになる。しかし、他の才能と違って成長に補正が入らず、努力が報われない。そして、この才能を与えられた者は滅多にいないため、存在することすらほとんど知られていない。


努力が報われないって……。

能力は地味で弱いようだが、希少性だけはめちゃくちゃ高いみたいだ。

しかし、この情報自体もかなりレアな気がするな。

《英知》の優れた点は、こういった情報を手に入れることが出来ることだ。

使い勝手が悪い部分もあるが、万能すぎるスキルであることは間違いない。

「だが、この能力なら《英知》と相性が良いな」

色々と考えたが、俺の才能【努力】を有効活用するには効率の良い努力をする必要がある。

そしてその分、道のりは厳しいものになる。

戦闘の才能は与えられなかった分、色々な方法で強くなる必要がある。

努力が報われない？

……そもそもこの才能を与えられた人間が少ないのにどうしてそんなことが言えるのだろうか。

俺は先人が勝手にこの才能がダメなものだと決めつけ、何かになれるチャンスを放棄しているだけに思えた。

それに――報われないなら報われるまで努力するだけだ。

＊＊＊

「帰ったぞー」

裏口から入ってきたのは、１８０ｃｍぐらいの背丈で、黒色の髪をした男。

父さんだ。

「おかえり、父さん」

「おーリヴェル。帰ってくる途中でアンナちゃんに会ったぞ。笑顔で歩いていたが、もしかして良い才能を貰ったのか？」

「アンナは【竜騎士】だよ」

「どひゃー、これまた凄い才能を貰ったもんだな。お前は？」

「俺は【努力】」

「ぷっ……お前【努力】って……ぷふっ」

父さんは肩を震わせながら、口に手をあてて笑った。

「実の息子を笑うとは酷い親だな」

「いやだってよ、【努力】って才能じゃないだろ……ぷっ」

まだ笑ってるし。

「ふぅ……まぁでもお前らしいんじゃねーか？　それにこれぞ父さんの息子って感じがするしな」

ようやく笑いが止まった父さんは言った。

「またあの言葉？　才能は与えられるものではない。育てるものだ、ってやつ」

「そうそれ。よく分かってるじゃねーか」

父さんの才能は【剣士】だ。

だけど父さんは剣聖まで登り詰めた。

剣聖は剣術を極めた者に与えられる称号だ。

剣士には、強さの指標がある。

下位剣士、剣士、上位剣士、最上位剣士、剣聖の順で強くなっていく。【剣士】の才能から剣聖まで登り詰めたのは父さんしか俺は知らない。

「才能に左右される人生なんかつまらないにも程があるぜ。人生ぐらい神様に頼らず自分で決めろってな。その点、お前の才能はいいなぁー、【努力】なんだから何にでもなれるぜ……ぷっ」

あ、また笑った。

「それっぽいこと言った後に笑うのやめてくれない？」

「いやーだってなー、ぷふっ……」

「なにー？　楽しそうにどうしたの？」

店の営業を終えた母さんがやってきた。

母さんが帽子を取ると、長い金髪がなびいた。

「母さん、聞いてくれよ！　リヴェルの貰った才能が【努力】なんだってよ！」

「ぷっ……なに努力ってー！　才能じゃないじゃなーい！　面白いものを貰ってきたねウチの息子は」

「だろー？　ガハハハ、やっぱりこれは爆笑もんだよリヴェル」

「だから息子を笑うなと何度言ったら分かるのさ」

はぁ、とため息を吐《つ》いた。

「でもリヴェルらしいわ。あなた昔から努力家だったもの」

「そうだっけ」

身に覚えがなかった。

「あなたが料理が上手《うま》くなったのはもの凄く努力したからよ？　アンナちゃんの笑う顔が見たいかららーって」

「げ、そんな理由だったたっけ」

恥ずかしい過去だ。

斜め上を見ながら頬をかく。

「若いって素晴らしいなー。なぁ母さん」

「もう茶化さないの」

「へーい。それでリヴェルは何を努力するんだ？」

腕組みをして父さんが言った。

「――強くなりたい。だから、まずは父さんに剣術を教わりたい」

「男の子だものね。良いんじゃない？　ね、父さん」

「いやな、母さん。これまた面白い話があるのよ」

父さんは少し顔をニヤニヤさせながら母さんに耳打ちをした。

すると、母さんも、

「あら、素敵じゃない」

と言って、笑った。

「二人してめんどくさいなーもう」

「お、反抗期か？」

「もう意地悪しないの。それで父さんはリヴェルに剣術を教えてあげるの？」

「もちろん良いが、リヴェルは既にある程度、剣術を身につけているじゃねーか」

子供のときから父さんの道場に行って、遊びがてら剣術を習っていたこともあり、素人に毛が生えたぐらいの実力がある。

「んー、じゃあ父さんより強くして」

「あー100年かかるな。父さん、天才で最強だから」

「才能が【剣士】なのに天才とは一体」

【剣士】は一般的なもので天才とはお世辞にも言えない。

「うるせー！　剣聖になってんだから自称天才でも許されるだろ」

まったくその通りで、才能が【剣士】なのに剣聖まで登り詰めるなんて普通ではあり得ない。

「天才なんて次元じゃなくて人外とかが合ってるよ」

「お、嬉しいこと言ってくれるじゃねーか」

「父さん、それって喜ぶことかしら。私は人間じゃない夫は嫌よ」

「か、母さん。リヴェルが言ってるのは比喩だから……」

「ふふ、冗談よ」

母さんにベタ惚《ぼ》れの父さんは、いつも頭が上がらない。

剣聖なんて世界に数えるぐらいしかいないのに、ここまで庶民派なのは珍しい気がする。

「まぁとにかく、父さんを超えるのは諦めろ。それは俺が教えることじゃない」

「じゃあ父さんは俺をどれぐらい強く出来るの？」

「どれだけ厳しい修行をするかによるな」

「一番厳しいのでいいよ」

「……最悪死ぬぞ？　お前にはそれだけの覚悟があるか？」

真剣な目だった。

それだけその修行は厳しいものなのだろう。

「大丈夫。俺の才能は【努力】だから」

だけど俺は即答した。

俺が思うに【努力】は、自分を追い込むことによって効果を発揮する。

正直、少し怖い。

絶対後悔すると思う。

でも、俺なら出来るという自信だけはあった。

「くっくっく、じゃあ1週間後から修行開始だ。付きっきりで鍛えてやるよ。そうすりゃ上位剣士ぐらいの実力は保証してやる」

「ありがとう、父さん」

「まぁ本格的に始めるのが1週間後ってだけで明日から道場来いよ。この時期は【剣士】の才能を貰った奴らが大勢入ってくるからな」

「分かった」

本格的な修行が始まるまでの1週間、ただ道場に通うつもりはない。

1分、1秒たりとも無駄に出来ない。

……まぁこれに関しては大丈夫だろうと思っている。

なにせ俺には《英知》があるのだから。

＊＊＊

父さんの道場にやってきた。

しかし周囲がそれを歓迎してくれる様子はない。

「おい。俺は知ってるぜ。お前の才能【努力】なんだってな？　ギャッハッハッハ」

「「「ハッハッハッハ」」」

【剣士】の才能を貰った新たな門下生たちが笑う。

「才能が【努力】なんて剣の才能ゼロじゃねーかよ。邪魔になるから来るんじゃねーよ」

酷い言われようだ。

顔見知りの門下生たちも【努力】を擁護するのは無理だと思ったのか、俺と目を合わせようとはしない。

「リヴェル、お前面白い才能を貰ったそうだな」

いや、一人だけいた。

こいつは昔から道場に通っているカルロだ。

カルロの父さんは、この道場の師範代で上位剣士である。

「まあな」

「お前にお似合いの役に立たなそうな才能だなぁ！」

そしてカルロは俺を嫌っている。

「そういうお前は【上位剣士】の才能を貰ったらしいな。おめでとう」

「ああ、お前とは雲泥の差だぜ。なぁどんな気分なんだ？　親が上位剣士のくせに落ちこぼれになった気分はよぉ？」

父さんは剣聖という素性を隠して、上位剣士として道場を運営している。

上位剣士というだけで十分すぎるほど凄く、人に剣術を教えるに値する実力がある。

「さぁ……意識したこともなかったな」

「ケッ、じゃあ意識させてやるよ。親父！　模擬戦をやらせてくれ！」

現在、道場を仕切っているのは師範代であるカルロの父親だ。

父さんは最初だけ顔を出してそれっきりだ。

俺の修行のための準備をしているのは言うまでもない。

「模擬戦か。そうだな、この道場は剣士を鍛えるための場所だ。リヴェルがここの道場に相応《ふさわ》しいかどうか見極めることも出来るな」

「相応しいかどうか？」

師範代の発言の引っかかった部分を問う。

「門下生たちの間では邪魔になるとの声も挙がっている。それに師範の息子が弱いのでは周りの士気も下がる」

「当たり前だよなぁ？　そもそもお前は【剣士】ですらないんだからよ」

「それで俺が相応しいと判断する基準は？」

「リヴェルは昔から剣術を習っている者だ。それに先ほども言ったが、師範の息子が才能もなく弱いのでは周りの士気が下がる。カルロとの模擬戦で負ければ道場を出て行ってもらおう」

めちゃくちゃな。

父さんが道場を空けている隙にやりたい放題というわけか。

「なるほど、分かりました」

普通、師範代にはこんなことを決める権利はない。

しかし相手が師範の息子である俺であるため、この話が通らなかった場合、師範が身内贔屓《びいき》をしているように見える。

それに門下生たちの考えを尊重しているという建前もある。

これは……嵌《は》められているな。

野心の強いカルロ父は何か良からぬことを考えているのだろう。

「しかし、急な話ですし1ヶ月後にしませんか？　俺の才能は【努力】です。努力しなければ【上位剣士】の才能を与えられたカルロに勝ち目はないです」

「はぁ？　努力すれば俺に勝てると思ってるのか？」

「……ふむ。リヴェルの言い分も正しいな。だが、1ヶ月は長すぎる。3日だ」

3日……。

1ヶ月が約30日なのを考えると十分の一程度の時間しか猶予がない。

「なっ！　親父いいのかよ！」

「お互いが公平でなければならないからな」

カルロ父はニヤリと笑った。

全然公平じゃないが、まぁ3日間死ぬ気で努力すればいいか。

「ありがとうございます」

「そして3日間、道場の使用を禁ずる。これは他の門下生たちの不満、そして迷惑にならないようにな」

「分かりました。では時間も少ないので失礼しますね」

そう言って、俺は道場を後にした。

3日後、俺はカルロと戦うことになったが、父さんのためにも負けるわけにはいかない。

＊＊＊

自宅に戻ってきた俺は道場へ通わずに強くなれる方法がないか模索していた。

漠然と努力していても効果は薄いため、明確な目標と方法がなければいけない。

スキルを取得することで強くなれそうな気はするが、中々簡単にはいかない。

何故ならスキル取得の条件は人によって違うからだ。

才能がある者とない者がいるように、スキルにも適性がある。

だから極論を言えば、訓練してもスキルを取得出来ない人もいる。

まぁ大体は似通った条件になるらしいが。

そういうわけでスキルは努力の方向性が定まらないため難しい。

ってなると、

「魔法か……」

自室のベッドに寝転がって、天井を見つめた。

魔法には少し乗り気じゃない理由がある。

魔法の取得は《英知》があるため、理解さえすれば容易である。

しかし、ほとんどの人は魔力をあまり持っていないため魔法を使うことは出来ない。

魔力は専用の魔導具で数値化することが出来、一般の人で大体10ぐらいだ。

数値化したことはないので知らないが、俺も同じぐらいだろう。

ただ【魔法使い】の才能を貰うと、魔力は飛躍的に増えるらしい。

幼い頃、魔法を使ってみたくなった俺は試しに魔力を増やそうとした。

魔力上限は魔力が枯渇状態になった際に増える。

だが枯渇状態になったとき激しい頭痛が襲う。

俺はそれに酷いトラウマを持っており、出来れば避けて通りたい道でもあった。

その激痛に耐えられる人は少なく、【魔法使い】の才能を貰わない限り、魔法の使用は難しいのだ。

「しかし、そうも言ってられないよな……」

よし、やってみるか。

魔力を体外に放出するやり方は知っている。

まず、体内にある魔力をイメージする。

それを身体の中心からポンプで圧力をかけるように外へ押し出すイメージで――。

「あがッ……ががががッ……」

激しい頭痛に襲われた。

頭が割れるような痛み。

意識が飛びそうで、額に汗が吹き出る。

呼吸が乱れる。

そして頭痛が始まってから10分を過ぎると、痛みは次第におさまった。

魔力が自然回復し、枯渇状態じゃなくなったのだろう。

1時間にも感じるような10分間だった……。

だが――。

「耐えられないなんてことはない……！」

もう1回だ。

「ぐッ……アアアアアァァ！」

死ぬ。

痛すぎて死ぬ。

痛い痛い痛い。

「ハァ……ハァ……もう1回……」

頭がおかしくなりそうだった。

だけど全ては強くなるため。

あいつの隣に立つには強くなるしかない。
才能のない俺が天才と並ぶには、人並外れた【努力】をするしかない。
「……ハァ……ハァ……とりあえず10回終わったな……」
俺は約100分の間、激痛に耐えていた。
これ以上は本当にまずい。
もうやりたくない。
だけど、明日も10回耐えよう。
まずは努力を継続して結果がどうなるかを確かめるのだ。
[スキル《魔力超回復》を取得しました]
そんなメッセージが聞こえてきた。
……魔法のための努力をしていたら、何故かスキルを取得してしまったのですが。
「なんだ……？　《魔力超回復》って……」
《英知》を使って、調べてみる。

○スキル《魔力超回復》
魔力の自然回復量がかなり上昇する。このスキルは枯渇状態を何度も経験し、耐え抜いた者だけが取得出来る。

○取得条件
魔力の枯渇状態から連続で10回魔力を自然回復させる。


良いスキルで使い勝手も良さそうだ。

何より自然回復量が上昇するのは、魔力を増やすのに丁度いい。

だが《英知》を使ってみて驚いたことが一つあった。

「なんでスキルの取得条件が書かれているんだ……？」

＊＊＊

今まで《英知》を使って、スキルを調べたことは何度かあった。

でも、取得条件なんてものが見えたことはない。

「取得したスキルだからか……？」

そう思った俺は他のスキルも調べてみることにした。

簡単なスキルかつ有用なスキルで真っ先に思いついたのが《筋力増幅》だった。

○スキル《筋力増幅》
体力を消費し、一定時間筋肉を膨張させ、強化する。前衛で戦う者は、まずこのスキルを取得することが推奨されている。
○取得条件
筋肉を酷使し続ける。
or
魔力を放出した状態で腕立て伏せ100回、上体起こし100回、スクワット100回を連続で行う。

やはり取得条件が分かるようになっていた。
これはもしかして【努力】の能力なのか……?
だとすれば《英知》と相性が良すぎる。
これなら強力でかつ取得可能なスキルを効率良く狙える。
《筋力増幅》の取得条件を見る。
筋肉を酷使し続けるというのは、定量的でないため漠然としている。
だが、後者は分かりやすい。

それに魔力の上限が少し増えたことと《魔力超回復》を取得したことにより、魔力を放出し続けることも可能なのではないだろうか

やってみるか……。

――腕立て伏せ100回終了時。

「魔力超回復すげえな。ずっと魔力を放出出来るし、まだまだ余裕がありそうだ」

――上体起こし100回終了時。

「魔力が切れそう……あ、あ、切れたあああぁァァァ!!」

――スクワット100回終了時。

「………………お、終わった」

[スキル《筋力増幅》を取得しました]

[スキル《魔力操作》を取得しました]

[スキル《身体強化》の取得条件を満たしたため《筋力増幅》が変化します]

……なんか色々と起こったみたいだが、疲労でそれどころではなかった。

＊＊＊

昨日は親曰《いわ》く、ちゃんと食事をとり、身体を洗い、眠りについたみたいだが一切記憶がない。

魔力の枯渇状態は脳にかなりのダメージを与えるみたいだ。

さて……俺は昨日、《筋力増幅》を取得しようとしたら《身体強化》と《魔力操作》を取得した。
何を言ってるのか分からないと思うが、俺も何が起こったのか分からなかった。
とりあえず《英知》で調べる。

○スキル《身体強化》
魔力を消費している間、自身の肉体を強化出来る。このスキルを取得した者は魔物を素手で倒せるだろう。
○取得条件
《筋力増幅》と《魔力操作》を取得する。

○スキル《魔力操作》
放出する魔力を操作出来るようになる。応用の利くスキルのため、是非取得しておくといい。
○取得条件
放出した魔力が１００を超える。

ふむ……。

まぁこれは色々とラッキーが重なっただけっぽい。

取得条件が分かるようになったのは【努力】のおかげだろう。

【努力】の才能を授かった人はほとんどいないため、能力の全貌は明らかになっていない。

これからの経験の中で試行錯誤しながら使っていく必要がある。

しかし……スキルの取得条件が分かるのは素晴らしいな。

…………待てよ。

《身体強化》の取得条件は特定のスキルを手に入れることだ。

《英知》で取得条件がスキルに関連するものを調べれば、効率良くスキルを取得出来るのではないか？

《魔力操作》は応用の利くスキルだと言われている。

ということは、取得条件に広く関わってくるのではないか？

そう思い、俺は《英知》で取得条件が《魔力操作》に関連あるスキルを調べてみた。

《能力付与》
《自己再生》
《視力強化》
《魔力循環》

《無詠唱》
《多重詠唱》
《サイコキネシス》
……etc
「ふっふっふ……」
思わず笑みがこぼれた。
やはり【努力】と《英知》は相性が良い。
普通の人ならばスキルの取得条件が分からず闇雲に努力し、時間をかけてスキルを取得するだろう。
だが俺はすべきことが目に見えている。
それに今の自分にとってどんなスキルを取得するのがベストなのかも分かるため、無駄なことをしなくていい。
これは俺の唯一のアドバンテージだ。
他の才能は成長するたびに補正が入り、強くなりやすくなっている。
だが【努力】にはそれがない。
強くなるには、いかに効率良く努力するかが鍵となる。

常識にとらわれないやり方で俺は強くならなければいけないのだ。
そして《魔力操作》に関連するスキルは結構な量、存在していた。
一つずつ条件を見ていくと、簡単なものから難しいものまであり、難易度の幅が広い。
まずは簡単に取得出来そうなものである《視力強化》を今から取得することにした。

〇スキル《視力強化》
目に魔力を宿して、視力を強化する。遠くのものが見えるようになるのはもちろん、動体視力も上がるため、動きを正確に捉えられる。
〇取得条件
《魔力操作》を用いて目に魔力を集中させ、1時間維持する。

《魔力操作》は魔力放出と似たようなやり方で使用出来る。
《視力強化》の取得条件は簡単だったので、さっさと取得した。
そして《英知》を使って《視力強化》に関連するスキルを探す。
……なんだこのスキル。
強い。

それに便利すぎる。

――このスキルを取得出来れば間違いなくカルロに勝てる。

そう確信させるものだった。

＊＊＊

カルロと戦う日がやってきた。

俺はこの３日間、死ぬ気で努力したが果たしてどうなることやら。

「逃げずに来たみたいだな。褒めてやるよ」

「まぁ約束したからな」

俺とカルロは道場の中央で向かい合っている。

ここにいる全員、カルロの勝利を確信しているはずだ。

なにせカルロの才能は【上位剣士】だ。【剣士】との差はもの凄く大きい。

そして【努力】の俺とはもっと大きな差があることだろう。

「俺はこの日を楽しみにしてたんだぜ？　憎たらしいお前をボコボコに出来るこの日をよぉ！」

「あー、うん。なるほど？」

「バカにしてんのか！　俺をバカにしたこと、後悔させてやるからな」

「バカにしたつもりはない。悪いな」

「調子に乗りやがってぇ～！」

カルロは、かなり怒っている様子だ。

ボコボコにしてやる、と言われて何て返事をするのが正解だったのだろうか。

純粋に疑問に思う。

「両者、構え」

俺とカルロは互いに竹刀を構える。

審判はカルロ父。

流石に門下生たちの手前、公平な審判をしてくれるだろう。

……するよね？

「始め！」

その合図と共にカルロは俺に接近してくる。

速い。

才能を貰う前とは大違いだ。

「しねぇ！」

掛け声と共に竹刀を縦に振るカルロ。

受け止めるが、かなり重い一撃だ。

《身体強化》を使っていても、カルロとの間にかなり腕力の差があることを感じた。

「能なしのくせに受け止めてんじゃねーよ！」

「受け止めないと試合にならないだろうが」

「うっせえ！　口答えすんな！」

言いたい放題だな。

「いけー！　カルロー！」

「リヴェルをぶっ飛ばせー！」

他の門下生たちはカルロを応援している。

こいつに人望があるのか、それとも俺が嫌われているのか。

分からないことだが、アウェーなのは間違いない。

……しかし、どうしたものか。

「オラオラ！　守ってるだけじゃどうにもならないぜ？」

「くっ――」

弄《もてあそ》ばれている。

実力の差は歴然だ。

カルロの攻撃を耐えるのに精一杯。

今の俺の実力はこの程度なんだ。

カルロは今、剣士程度の実力だろう。

それに敵《かな》わない俺は下位剣士ぐらいか？

先は、まだまだ長い。

……さて、魔力の残量を考えるとそろそろだな。
今の俺の実力じゃカルロに勝てない。
それは明確で、ハッキリと分かった。
だが俺じゃないものを模倣したら――？
魔力は、まだある。
この3日間にそれだけ魔力を増やしておいたからな。
「ッ！　なに!?」
今までカルロの攻撃を防いでばかりだったが、俺は防ぐのをやめ、ステップで避《よ》ける。
これは俺の実力じゃない。
父さんのものだ。

○スキル《模倣》
任意の人物の動きを模倣することが出来る。模倣した動きは魔力を消費し、再現出来る。
○取得条件
このスキルを意識しながら《視力強化》を用いて、任意の人物の動きを理解する。

取得条件に任意の人物の動きを理解する、とあるが剣聖である父さんの動きは全く見えなかった。

だから実力を落として上位剣士ぐらいの動きを見せてもらった。

それでギリギリ、スキルを取得出来たのだ。

ちなみに道場での出来事を話すと、父さんは笑って、

「実戦経験が積める良い機会だ。頑張れよ」

と言っていた。

《模倣》を使用後はカルロの攻撃を竹刀で防ぐ機会は最小限に抑えられた。

身体が足を上手く使っているため、絶妙な距離感を保ちつつ攻撃を避けていく。

「避けたぐらいで良い気になってんじゃねーぞ！」

なってない。

俺が思うに他人の実力で勝つことほどむなしいものはない。

カルロの太刀筋が段々と単純になっていくのを感じる。

怒りに身を任せて、力を込めるだけの一撃が続く。

「クソッ……！」

そして集中力が切れて出来る隙を《模倣》は見逃さない。

パンッ！

竹刀がカルロの胴を直撃した。

「……チィッ……一本、リヴェルの勝利」

一瞬、カルロ父は悔しげな表情を見せて俺の勝利を告げた。

「マジかよ……カルロ負けちまったよ……」

「いやいやそれよりリヴェル強すぎだろ……」

「俺らバカにしてたのめちゃくちゃ気まずいな……」

「俺、明日からどんな顔して道場に来ればいいんだ？」

ざわざわと門下生たちが騒いでいる。

あれだけ俺をバカにしていたのは、絶対に俺が勝てないと思っていたからだろう。

それが勝ってしまったのだ。

気まずい気持ちなのは間違いない。

でも安心して欲しい。

俺は今後、道場に来ることはないだろうからな。

「これはなにかの間違いだ！　俺がリヴェルなんかに負けるはずない！」

カルロが騒ぎ出した。

「もう1回だ！　もう1回勝負しろ！」

「カルロ、やめなさい。見苦しいぞ」

意外なことにカルロ父がカルロを叱っていた。

「カルロ、安心してくれ。俺はもう道場に来ないから」

「当然だバーカ！　まぐれで勝ったぐらいでいい気になるなよ！」

「なってないなってない」

このカルロの態度を見て他の門下生たちは、

「あいつ負けてたのに何であんなこと言えるんだ？」

「きっとバカなんだよ。バカは自分の方なのに気付けないんだ」

「才能はあるのに頭が悪いのか、かわいそ〜」

と、手のひら返ししているようだったが、当の本人であるカルロは怒るのに夢中で気付いていないようだ。

俺が道場を出ると、何人かの門下生たちがやってきた。

「リヴェル、ごめん！　お前がバカにされてるのを見て見ぬフリしてたよ」

「お願いだ、許してくれ。だから道場にはちゃんと来てくれよ」

「カルロはバカだからお前に負けたと思ってないだけさ。門下生の中でお前が一番強いよ」

俺は最初から怒ってはいない。

それに俺のことを思って、こうして謝りに来てくれたし、道場にも誘ってくれている。

でも――。

「そう言ってくれるのは嬉しいけど、俺の才能は**【努力】**だ。道場で剣術を習っているだけだと強くなれない。だから俺は俺なりの努力をするよ」

「……やっぱリヴェルってカッコいいな」

「昔から努力家だったよな」

「頑張れよ。応援してる」

「ありがとう」

道場で努力しているだけでは圧倒的に効率が悪い。

俺は周りと同じことをしているだけだと強くなれない。

他人の何倍もの努力を、最短距離で行う必要がある。

さて、とりあえず目先の問題は解決したことだし、元気がないであろうあいつの様子を見に行くとするか。

＊＊＊

道場の帰り道、最近アンナの顔を見ていないなと思い、家に寄ることにした。

理由は大体察しがつく。

アンナの家を訪れると玄関でアンナ母が出迎えてくれた。

「あらリヴェル君どうしたの？」

「こんにちは。アンナが落ち込んでるんじゃないかと思いまして」

「……リヴェル君には何でもお見通しね。アンナの話を聞いてあげてくれないかしら？」

「もちろんです。そのつもりで来ましたから」

アンナ母に軽く礼をして、アンナの部屋に向かう。

扉をノックする。

「アンナ、落ち込んでるのか？」

「……別に」

返ってきた声には、いつもの元気がない。

部屋の扉には鍵がかかっていて、こちらから開けることは出来ない。

「とりあえず中に入れてくれないか？」

「……嫌」

「なるほどな。神殿で何を言われたんだ？」

才能を貰った翌日、アンナは神殿に行っている。

そこでアンナは自分の才能の凄さを知り、今後の人生がどうなっていくのかを聞かされたのだろう。

大体は察しがつく。

それは、アンナの思い描いていた将来とはかけ離れたものだ。

「言いたくない。もう帰って」

「そうか」

アンナの言う通り、一瞬帰ろうとしたが、それは後悔をする選択だと勘が告げた。

「……と言って帰るほど、俺は物分かりが良くない」

「――ッ！　嫌なの！　ここでリヴェルの顔を見たら、この先頑張れる気がしないの！」

「なんでだ？」

「私は明日この街を出て、王都に行くの！　英傑学園に入学させられるのよ！　だから……もうリヴェルとは会いたくない……」

「明日って……それは急だな」

英傑学園は、俺たちの住むテオリヤ王国で最も優れた学園だ。

高い才能、高い実力を持つ者だけが入学出来る非常にレベルの高い学園である。

王国中――いや世界中から強力な才能を授かった者たちを集めているのだろう。

「学園に入学したらもうほとんどリヴェルと会えなくなっちゃう！　学園で竜騎士になるために特訓をして、その後もみんなのために頑張らなくちゃいけない！　だって私は……【竜騎士】の才能を貰ったんだから……」

「そうだな」

必ず神殿で才能が告げられるのにはわけがある。

それは国が優れた才能を持つ者を欲しており、才能を枯れさせずに人類に貢献させるためだ。

そこに自由はなく、それが当たり前のことだとみんな思っているのは、学園に呼ばれる者は待遇が良いからだ。

憧れる者は多いが、なりたくないと思う人は少ないだろう。

「本当のことを言うなら私は【竜騎士】なんて才能欲しくなかったっ！」

しかし適性があるからと言って、本人が望むかは別なのだ。

アンナは優しくて、正義感が強くて、民を守る騎士にピッタリだろう。

アンナは、争いを好まない普通の女の子だったのだから。

「私はこの街で平和に……のんびりと……リヴェルと一緒に……暮らしたかった……」

涙まじりのアンナの声。

それが俺の気持ちを、覚悟を、奮い立たせる。

「――そういえば英傑学園は中等部と高等部があるんだったな。それでアンナが入るのは中等部からだな」

中等部は国に才能を認められた者だけが入学出来る。

そして俺は話を続ける。

「高等部は実力が高ければ入学出来る」

「……え、それって……」

「お前はこの先、街で平和に暮らすこともなければ、のんびりとした時間を過ごすこともないかもしれない。それでも俺はお前の隣にいてやりたい」

「っ……で、でも……そんなの出来っこないよ……だって……」

その先を言おうとはしない。

アンナも才能について理解を深めたのだろう。

アンナは初めて俺を客観的に見つめている。

「お前はいつも言っていたよな。俺は凄いって」

「うん……」

「本当に凄いところを見せてやる。だから3年待っててくれ。必ず英傑学園に入学する」

「うん……うん……」

アンナは声を震わせながら何度も「うん」と言った。

きっと、この扉の向こうで顔を涙で濡らしながら何度も頷いているのだろう。

しばらくして、カチャリと扉の鍵が開く音がした。

「……いいのか？」

「うん。入って」

部屋に入ると、パジャマ姿のアンナがいた。

目元が赤くなっていて、袖が濡れている。

「へへ……いっぱい泣いちゃった」

「昔から泣き虫だもんな」

転んで泣いたり、嫌いな野菜を残さず食べようとして泣いたり、怒られて泣いたり、本当によく泣いていた。

「うん。でもこれからは泣かない！」

「本当か？」

「本当だよ！　もう泣かない！」

「えらいな」

「えへへ」

アンナは少し頬をゆるませた。

そして次は深呼吸をして、真剣な目で俺を見つめてきた。

「私、リヴェルが好き。誰よりもリヴェルが大好き」

その言葉を理解するのに俺は少しだけ時間がかかった。

「それは異性としてってこと……だよな？」

「うん。そうだよ」

真っ直ぐにアンナは言った。

突然の告白に俺は驚いている。

平静をなんとか装っているが、鼓動は速くなる一方だ。

「俺――」

「待って！」

返事をしようとしたとき、アンナが俺の口の前に手を置いた。

「返事は3年後に聞かせて。その間に私、リヴェルが好きになってくれるような強くて立派な女の子になってるから」

「……分かった。約束だ」

「うん、約束」

小指を交わらせ、指切りをした。

「明日、見送りには来ないでね」

「どうして？」

「……あー、どうしてもだよ！」

「言いたくない理由でもあるのか？」

「……さ、寂しくなっちゃうから……」

今まで俺に対して照れることのなかったアンナが、赤面して恥ずかしそうに呟いている。

「そうか。じゃあこれでしばらくお別れだな」

「うん……元気でね」

「アンナもな」

アンナとの別れを済ませた俺は帰路についた。

なんともあっさりとした別れだったな。

俺は立ち止まってアンナと交わした会話を振り返る。

『――返事は3年後に聞かせて。その間に私、リヴェルが好きになってくれるような強くて立派な女の子になってるから』

……って言ってたか。

本当にバカだ。

何も分かっていない。

俺はお前の笑顔に何度励まされてきたことか。

俺は別に、強くなくても、立派じゃなくても、お前が笑ってさえいてくれればいい。
——そのためにはアンナが戦わなくていいぐらいに俺が強くならなければいけない。
それこそ世界最強になるしかない。
俺の【努力】はそのためにあるのだ。

第二話　《鬼人化》と子竜

アンナが街を去ってからも俺は一人で努力を続けた。

魔力を増やし、魔法を学んでいく。

《英知》は知識や情報を手に入れることが出来るだけであって、あとは自分で理解しなければならない。

強くなるために魔法は欠かせないものだ。

簡単な魔法は覚えることが出来たが、まだまだ実用性はない。

やはり自分で理解するのには限界がある。

誰かに教えてもらうことも視野に入れなければならないな。

そして今日は――。

「リヴェル、待たせたな。今日から修行開始だ」

以前、父さんにお願いしていた修行の準備が整ったみたいだ。

「まずはお前に《鬼人化》というスキルを身につけてもらう」

「鬼人化？」

なんとなく強そうな名前だ。

だが《英知》を使って調べてみても何も出てこない。

「このスキルは、魔界にいる鬼と同様の力を得るものだ。お前の身体能力を爆発的に高めてくれるだろう」

魔界は、人間が住む世界とは別の世界だ。

そんな世界の、ましてや鬼のことなど普通の人が知るはずもない。

「魔界にいる鬼と同様の力……このスキル、《英知》を使っても何も分からなかったのにどうして父さんは知ってるんだ？」

「どうしてって、そりゃ俺が編み出したスキルだからな」

「スキルって編み出せるのか……」

「まあな。とりあえず場所を変えるぞ」

父さんに案内されたのは街の外れにある一軒の小屋だった。

木造の小屋は外観が綺麗で新しいものだと分かる。

「父さん、これって……」

「ああ。この1週間、俺は小屋を建てていた」

「あ、ありがとう父さん」

俺が《模倣》を取得するために約3日使ってくれたことを考えるとよく完成したなーと思う。

でも小屋を建てる必要があったのか？　と問われると……。

「なんで小屋を建てる必要があるんだって顔してるな」

「まあ少しは」

「《鬼人化》を取得するためだ。中に入るぞ」

小屋の中は窓一つない。

父さんがドアを閉めると真っ暗になった。

……一体これから何をするんだ？

そう思っていると、少し部屋が明るくなった。

目の前に青く光る炎が浮いている。

「父さんなにこれ」

「鬼火だ。これが何のためにあるのかはすぐに分かる」

「へー、まぁ《鬼人化》を取得するためだよね」

「そうだな。で、肝心の修行だが、ここで瞑想してもらう」

「……それだけ？」

「それだけだ」

瞑想か……。

これからメンタル面でのトレーニングを行うようだ。

拍子抜けというかこんなので良いのか？　と思う。

座禅を組み、目を閉じる。

――しばらくすると、急に胸が苦しくなった。

呼吸が出来ない。

それと同時に鬼火は少し大きくなったように感じた。

「――っく、あ、は」

必死に息を吸い込もうと試みるが上手くいかない。

何故だ。

「この鬼火は魔素と酸素を燃焼させている。つまりこの部屋に含まれる魔力と酸素の濃度はかなり低い」

だからか。

じゃあどうやって呼吸をすればいい？

頭が回らない。

思考がまとまらない。

「――かっ、く」

「だが、それだけで終わるにはぬるすぎる。だから俺はある改良を加えた。その結果、鬼火はお前の体内に宿る魔力までも奪っていく」

「――があああああアアアアァァァ」

魔力の枯渇状態に陥り、とてつもない頭痛が俺を襲った。

魔素が少ないのでは、自然に回復する魔力の量も少なくなってしまう。

ダメだ……。

意識が朦朧《もうろう》とする。

激しい痛みすら忘れるほどの責め苦に、意識を手放すギリギリのところで踏みとどまっていた。

…………………あれ。

だからこそ気付けた。

無意識のうちに違和感を覚えていたもの。

知らず知らずのうちにそれが自然なことだと錯覚していたもの。

それが何なのか、浮かび上がってきた。

——何故、父さんはこの部屋にいても平然としていられるんだ？

最初に話していたとき、既にこの部屋の空気は薄くなっていたはずだ。

俺は呼吸出来ずに苦しんでいたのにもかかわらず、父さんはそんな素振りを一切見せずに言葉を発していた。

なにかがあるに違いない。

自分の知識ではどうしようもないような状況下で《英知》は、かなり力を発揮する。

だが《英知》は、自分が知りたい情報と関連性のあるものしか調べることが出来ない。

答えの手がかりとなるものに目星をつけなければいけないのだ。

父さんにはこの試練を俺に与えた理由があるはずだ。

考えろ……。

……ダメだ、もう限界だ。

意識がもたない。

それに魔力まで奪われているのだ。

限界だ。

……魔力？

――そうか！　魔力か！

呼吸と魔力が密接に関係していると仮定すれば、この試練はかなり効果的なものになる。

なにせどちらも極限まで少ない状況にしているのだ。

俺はこの仮定が間違っていないと確信した。

そして身体ってのは不思議なもので、希望を見出した瞬間に元気が湧いてくる。

まだいける。

こんなところで諦めていたら到底世界最強になんてなれるはずがない。

今の俺は魔力枯渇状態だが《魔力超回復》で回復している分だけ瞬間的には魔力を保持している。

だからそのわずかな魔力だけを使って、この状況を打破する。

俺の取得していたスキル《魔力操作》を軸に考えるのが一番良いかもしれない。

……ん、待てよ。

それから派生するスキルに《魔力循環》というものがあった。

《模倣》の取得に夢中になっていた俺は《魔力循環》の存在をすっかり忘れていた。

○スキル《魔力循環》
このスキルを取得することによって、いつでも魔力が体内を循環するようになる。魔力が体内を循環することにより、身体機能が向上し、魔力の消費を抑えることが出来る。魔法使いはこれを取得しておくと、魔法を撃てる総数が増える。
○取得条件
《魔力操作》を用いて、体内に魔力を循環させる。

注目すべきは身体機能が向上することと魔力の消費を抑えることが出来ること。
身体機能が向上すれば、この状況下でも呼吸が行えるのでは？
安易すぎる考えだが、他にアイデアがあるわけでもない。
やるしかない。
取得条件を達成するため、少ない魔力を体内で循環させようとする。
しかし、全身に巡らせるには魔力が足りていない。
だったら……魔力の濃度を薄くしてやればいい。
やっていることは鬼火と同じだ。

鬼火に魔力を奪われる際、保有する魔力の濃度が薄くなるようにイメージする。
そうすることによって、保持する魔力の量を相対的に増やすことに成功。
そして《魔力操作》により、魔力を体内に循環させる。
［スキル《魔力循環》を取得しました］
よし、これで魔力が自然と体内を循環するようになった。
「――かはっ」
少しだけ呼吸をすることが出来た。
だが、まだ足りない。
「……ほぉ。なかなかやるな」
何故だ。
なにが足りない。
少しだけ呼吸は出来るようになった。
だけど、これじゃ瞑想なんて不可能だ。
耐えているだけがやっとだ。
なにか、まだあるはずだ。
「呼吸によって取り入れた少ない酸素を身体全体に巡らせろ」
父さんの声が聞こえた。
と同時に、この修行の目的が分かった。

答えは循環だ。

全身をいかに意識出来るか。

少ないもので大きな成果を得るためには、要領よく使う必要がある。

そのすべを学ぶための試練。

「……はぁ……ふぅ……ふ」

気付けば呼吸は整っていた。

心は驚くほど落ち着いている。

自分が今この空間と一体化しているかのような感覚に陥った。

今まで経験したことのないほどの集中力。

神経が研ぎ済まされているのを感じる。

［スキル《鬼人化》を取得しました］

＊＊＊

《鬼人化》を取得した俺は静かに目を開いた。

「驚いたな。まさか1日で物にしてしまうとは思わなかったぞ」

「いや……父さんのおかげだよ。ヒントがなきゃ俺は気付くことが出来なかった」

父さんがいくつものヒントを俺に与えてくれたからこそ、なんとか取得することが出来た。

なければ無理だったかもしれない。

「自信を持てよリヴェル。普通の人に《鬼人化》を取得させようとしたら3年以上はかかるんだぜ？」

「え、なんで？」

「みんな本質を理解出来ず、瞑想するに至れないからだ。発想力、精神力、忍耐力、これらに優れていなければ《鬼人化》は取得出来ない」

「そ、そうなのか……」

【努力】の効果ってやつなのかね。そうだとしたらお前とんでもないものを貰ったな」

「どうなんだろうか。よく分からないな」

「最初は【努力】が才能とは面白い皮肉だと思ったんだけどな……ぷっ」

この人、また息子の才能を笑い始めたけど。

「……でもよ、これで俺が教えられることはなくなっちまった」

「もうないの？　てっきり俺は剣術の指南とかしてくれるものだと思っていたんだけど」

「お前は剣術の基本をもう身につけているからな。特に教えることはないし、あとは自分で磨いていけばいい。強くなりたいなら強くなれる環境を探すことだな」

「上位剣士ぐらいには強くしてやるってのは？」

「もうなってるよ」

「……え」

冗談というわけではなく、父さんは本気で言っているみたいだ。

《鬼人化》は、それだけ強いスキルということか。

「自分では気付いていないかもしれないが、お前の身体能力は格段に向上した。まぁそれぐらい強けりゃ生きていくのには困らないな」

「そうだったのか……。ありがとう父さん」

「良いってことよ。息子の頼みを聞いてやるのが親の役目だからな」

本当にいい父さんだ。


強くなれる環境を探す、か。

《英知》を有効活用するには一箇所にとどまるのではなく、世界を見て回った方がいい。何故なら世界を知らなければ、《英知》の活用の幅は広がらないからだ。

「――父さん、じゃあ俺は旅立つよ」

「それが良い。母さんは少し悲しむだろうが気にするな」

「うん。父さんを超えるぐらい強くなってくるよ」

「俺を超えるか。なら目指すは世界最強ってことだぜ？」

「もちろん。最初からそのつもりだよ」

「……ったく、良い男になりやがって。……頑張れよ」

＊＊＊

俺は旅立つことを母さんに告げた。

母さんは泣いて悲しんだが、俺の意思を尊重して見送ってくれた。

父さんは剣を一本くれた。

刀身を見ると、上質なものだということが素人目でも分かった。

そして今は馬車に乗りながらぼんやりと外の景色を眺めている。

俺がこれから目指すのは迷宮都市フレイパーラ。

テオリヤ王国で最も冒険者ギルドが多い都市であり、ダンジョンと呼ばれる迷宮もある。

『冒険者の街』とも呼ばれており、テオリヤ王国では王都に並ぶほど栄えている都市である。

ちなみに冒険者というのは才能が与えられた12歳からなることが出来る職業のこと。

そこで俺は冒険者となり、生活費を稼ぎながら強くなるための情報を集めるのだ。

しかし迷宮都市フレイパーラまでは道のりが長い。

馬車に乗り、《英知》で魔法の学習をしながら進んでいる。

1秒も無駄にはしない心構えだ。

「ん？　なんだありゃ？」

御者が声をあげた。

道の前方は何かに行く手を塞がれているようだ。

「ありゃまずい！　オークじゃねーか！」

「ヒヒーン！」

御者は前方にいるのがオークだと気付くと、馬車を止めた。

このままでは来た道を引き返すことになるだろう。

「待ってください。誰かが戦っています」

オークと戦う3人の人影を捉えた俺は御者に声をかけた。

「冒険者だろうが！」

「しかし冒険者たちが不利な状況です。このままでは殺されてしまうでしょう」

「生憎だが、俺は乗客たちの命を最優先に考える責任があんだよ！　坊主の気持ちは分かるがオークなんて魔物、この辺で出くわしたことが運の尽きだ！」

この辺は比較的魔物の数が少ない。

生息している魔物もラビットやスライムなどといった危険性の低い個体ばかりだ。

だからこそオークなんて魔物がいることはおかしい。

御者が運の尽きというのも頷ける。

「俺が加勢してきます」

「……やめとけ坊主。才能貰って良い気になってんだろうがな、魔物を甘く見ていると命を落とすぞ」

「そうだぞ。オークで何人も命を落とした奴がいんだ！」

「しゃしゃり出てくんじゃねえよ！　おめえのせいで死んだらどうしてくれんだ！」

他の乗客たちからの罵倒はごもっともだ。

「じゃあ俺だけを置いて逃げてください」

俺は一人で馬車を降りて、オークに向かって駆け出した。

――え？

予想よりも自分が速く走れていることに驚いた。

気付けばオークはもう目の前にいた。

これが《鬼人化》なのか？

まさか……スキルを使用しなくとも常に身体能力が上がっている状態にあるのか？

だったら《身体強化》を使って、更に能力を上げてみる。

そしてオークの首目掛けて、剣を一閃《いっせん》。

スッと豆腐を切るような感覚。

頭部が離れたオークは倒れ、戦闘中だった冒険者はキョトンとした表情でこちらを見ていた。

「な、な、な……オークを一撃で……」

「……私たちとあまり変わらなそうな見た目なのに……」

「た、助かったー！」

こういうとき、なんて言うべきか分からない。

助太刀に来た！　的な言葉が真っ先に思い浮かんだが、既にオークを倒してるしなぁ。

とりあえず無難に、

「大丈夫ですか？」

と声をかけるのだった。

＊＊＊

一瞬でオークを倒したため、馬車は引き返していなかった。

オークを倒した俺はヒーロー扱い。

乗客は怒鳴ったことを謝り、

「君の勇気は凄い！　感動した！」

などと褒めちぎっていた。

悪い気はしないが、どう考えても過大評価だ。

冒険者たちを放っておくわけにもいかないとは思ったが、動いた一番の理由は時間を無駄にしたくなかったからだ。

まぁそんな無粋なことは言わずに、俺はその場の空気に合わせておいた。

その後はオークと戦っていた冒険者３人組も馬車に乗せて、宿場町レアシルに到着した。

宿場町とは旅人と商人に宿屋を提供している町だ。

迷宮都市フレイパーラに向かう際は、こういった町をいくつか経由していく。

そして俺は宿屋の1階にある酒場で先ほど助けた冒険者たちと食事をすることになった。

3人を簡単に紹介すると、剣士でリーダーのピート、魔法使いの紅一点ケイト、気の弱いタンク役のダン、という感じ。

3人は13歳で俺の一つ歳上ということになる。

「いやぁ〜、さっきは本当に助かりましたよ」

食事をしながらピートが改めて俺に礼を言った。

「気にしないでください。俺は皆さんの横取りをして倒したようなものですから」

「いやいや、普通はオークを一発でなんか倒せませんよ！」

ケイトは言った。

「本当だよね。僕なんか怖くて震えてたもん」

ダンは不甲斐なさそうに人差し指で頬をぽりぽりと掻きながら言った。

「ダンにはもう少し勇気を持ってもらいたいものだな。リヴェルさんを見習えよ」

「うぅ、頑張るよ」

「あ、じゃあダンが頑張れるようにリヴェルさんが普段どんなことをしているのか聞いてみようよ」

「お、ケイト。それは良い質問だ！」

3人は自分たちの方が歳上だというのに俺を「さん」付けで呼ぶ。

俺は「さん」を付なくても良いと言ったのだが、尊敬の念を込めて呼んでいるみたい。

別に嫌な気分はしないので放っておいているが、少し慣れないなと思う自分もいる。

「普段どんなことをしているかって、強くなるためにしていることとかですか？」

「それを教えてくれたら凄い助かります！　良ければ俺たちの日課に取り入れようと思います！」

「まずは魔力枯渇状態になるために《身体強化》を利用しながら筋力トレーニングを行っています。腕立て伏せ100回、上体起こし100回、スクワット100回を1セット。このとき1セットが終わる頃に魔力枯渇状態になるよう《身体強化》の出力を調整しています。これを10セット、10分ほどかけて行います」

「あ、あぁ〜……なるほど……」

「ま、魔力枯渇状態……」

「そんなことやってたら僕死んじゃうよ……」

やってることを真面目に話したらドン引きされた。

魔力枯渇状態になることを話したのがいけなかったか？

あの苦しみは慣れる気がしないからな。

くっ……失敗した。

「というのは冗談で、父さんが剣術道場を開いているのですよ。それで指導してもらって今の実力があります。日課は腕が鈍らないように素振りしてるぐらいです」

俺は冗談ということにして、この場を乗り切ることにした。

「なんだ冗談か〜。リヴェルさんはユーモアのセンスまであるんですね」

「ホントよね。真顔で言ってたからつい騙《だま》されちゃった。魔力枯渇状態を何度も意図的に起こすなんて人間じゃないわよね」

「でも実体験を語っているような凄みがあったよね」

まぁ実際にやってますからね。

……なんて口が裂けても言えない。

「た、旅のお方！　どうかお助けください！」

宿屋の扉を開けて入ってきた人が俺に近づいてきて、土下座し出した。

……ナニコレ？

「町長!?」

ピートが驚いていた。

え、土下座している人ってもしかして町長？

「あ、あの……頭を上げてください」

「なんと！　心の優しいお方だ。実はオークを一撃で仕留めた貴方《あなた》様の腕を見込んでお願いがございます」

「お願い？」

「はい。最近、この町の周辺にある洞窟に盗賊が住み着いたのです。奴らは町の資源を奪い、好き勝手に暴れています。どうか退治して頂けないでしょうか？」

「申し訳ありませんが、お断りします」

「「「ええッ!?」」」

町長とピートたちが驚いた。

俺が断った理由は単純明快だ。

「俺は先を急いでいるんです。資金も底を突きそうですし、馬車での移動時間もかかります。なのでこの話は――」

言い終わる寸前、町長は俺に耳打ちをしてこう告げてきた。

「金貨1枚と若くて足の速い馬が引く馬車を手配しますので、どうかお引き受け頂けないでしょうか？」

金貨1枚あれば1ヶ月は余裕で暮らせるな……。

馬車も良いものを利用すれば、移動時間の短縮にも繋がる……。

「――やはり、その盗賊退治の依頼引き受けましょう」

少しだけ胸を張った。

この行動から俺の虚栄心が透けて見える。

「流石リヴェルさんです！」

「私たちを助けてくれただけはあるね！」

「ぼ、僕たちも何か手伝えることはあるかな？」

「その心配には及びません。相手の住処《すみか》に乗り込むので、単独の方が都合が良いでしょう」

俺がこう言ったのは、報酬の分配が面倒臭いことになりそうだったからだ。

何故単独の方が都合が良いんだろうな。
……俺って、もしかして性格が悪いのだろうか。
俺は心の中で「ごめんなさい」と謝罪するのだった。

＊＊＊

人々が寝静まった頃、町長に教えてもらった盗賊のアジトにやってきた。
洞窟の前には二人の男が立っている。
見張りか。
……勢いで依頼を受けてしまったが、退治ってどうすればいいんだろうか。
忍び込んでボスを倒したら、他の奴らも逃げてくれる……わけないか。
結局全員倒さなきゃいけない気がしてきた。
《英知》を使って、盗賊退治の事例を調べてみることにした。
……ふむふむ。
なるほど。
盗賊がどうやって商人や町の人々を襲うのか分かったぞ。
基本的に集団で待ち伏せをして奇襲を行うようだ。
それは盗賊一人一人の実力が低いからである。

「おい貴様！　そこで何をしている！」

呑気《のんき》にアジトの前で《英知》を使っていたら存在がバレてしまった。

だがやることはどちらにせよ強行突破だ。

気にすることはない。

「何って、ただの盗賊退治にやってきた旅人ですよ　――っと」

盗賊二人のもとへ瞬時に近寄り、一人は顔面を殴って気絶させる。

もう一人も攻撃しようとしてきたところを回し蹴りを入れて気絶させた。

「やっぱりそれほど強くないみたいだな」

人に剣を向けるのは出来るだけ避けたい。

俺は人を殺したことがないため、どうしても躊躇《ちゅうちょ》してしまう。

それなら最初から剣を使わずに素手で戦った方がいいだろう。

興味本位で格闘術について調べておいて良かった。

ある程度、身体をどう動かせばいいか分かる。

そして洞窟の中へ潜り込んでいく。

ある程度整備されているため、これはもうアジトと呼ぶに相応しい場所だろう。

「なんだテメェ!?」

「侵入者だ！」

盗賊は次々に現れる。

手にした武器を振るってくるが《視力強化》を使えば、この程度の攻撃は当たる気がしない。

「へぶっ！」

「ごふっ！」

一撃で一人ずつ気絶させていく。

絶え間なく盗賊は現れるが、連携も取れていない集団だ。

簡単に1対1に持ち込むことが出来た。

そのまま奥へ進んでいくと、盗品を保管してある場所に出た。

中央の椅子に盗賊団の親玉が座している。

「ったく、こんなガキが部下どもを倒してくれたとはねぇ」

男は呆れた顔でため息を吐いた。

頬に十字に斬られた痕跡が見える。

「大丈夫だ。殺してない」

「ガッハッハ、いい心がけだねぇ。だがよ、俺相手に手加減してると死ぬぜ？」

男は椅子の後ろから大きな剣を取り出した。

「俺ぁこう見えてもよ、上位剣士ぐらいの実力はあるんだぜ？　それこそ盗賊なんてやらなくてもやっていけるような実力がよぉ」

「……じゃあ何で盗賊してるんだ？」

「楽しいからさ。人から物を、自由を、命を奪うのがたまらなくてねぇ」

「ただのクズか」

「っくっくっく……テメェは今からそのクズに殺されるんだよぉ！」

身の丈ほどもある重そうな大剣を軽々と持ち上げ、平然と扱っている。

明らかに筋肉が肥大していることから何らかのスキルを使っているのだろう。

《英知》を使用。

……あれは《怪力》か。

「オラァ！」

力任せに大剣を振るう。

床に置かれている盗品が壊れることなど気にもせず、俺を狙ってきている。

それを避けながら動きを見ているが、上位剣士がこの程度なのか……？　という感想を抱いた。

侮辱しているわけではなく、正直に思ったことだ。

カルロと戦ったときよりもかなり成長していることは実感出来るが……うーむ。

これは《鬼人化》だけの効果ではないのでは。

魔力が増えて《身体強化》の出力がかなり大きくなったことも考慮出来る。

「舐《な》めた真似してんじゃねえぞォ！　――見せてやるよ！　《豪連撃》の恐ろしさをな！」

男は大剣を高速で振り、文字通り連撃を放ってきた。

うーん……。

単純な技だな。

強いんだろうけど、当たらない相手に使うのは如何《いかが》なものか。

俺は連撃をかわしきると、顔面に拳を叩き込んだ。

「ガッ――」

すると男は白目を剝《む》きながら、仰向《あおむ》けに地面へ倒れ込んだ。

まじか……。

まさか一発で倒れてしまうとは……。

こいつ本当に上位剣士並の実力があるのか？

「キュンキュン！」

「ん？」

戦いが終わると、何やら奥で鳴き声がした。

何かの動物か？

「これは……ドラゴンの赤ちゃん？」

「キュィ？」

鳴き声がした方へ行くと、檻の中に水色のドラゴンが入っていた。

恐らく行商人から奪ったものだろう。

「とりあえずコイツの保護の前に盗賊たちを縛って身動き出来ないようにしなきゃな」

気絶している隙にささっと全員縄で縛り、それを町の衛兵に引き渡した。

町長は、

「まさか本当に一人で退治してしまうとは……」

と驚いていたが、盗賊程度で少しオーバーリアクションすぎないか？

まぁ何はともあれ、報酬の金貨1枚を頂き、速い馬車を手配してもらえることになった。

出発は明後日の早朝だそうだ。

「これにて一件落着か」

「キュウン！」

「いや、まだ問題が残っていたな……」

ドラゴンの子供を保護してもらおうとしたのだが断られてしまった。

ドラゴンは扱い方が非常に難しく、滅多に取引されない。

つまり、この町では手に負えない、というのが断られた理由だった。

殺すという選択肢は取りたくない。

可愛いし、なんか俺に懐いてるし、愛着が湧いてしまったのだ。

「でも何も対策せずに連れて行くと、町でも関所でも問題になるよなぁ」

はぁ、とため息を吐く。

ドラゴンは成竜になるまで100年かかる。

アンナのような【竜騎士】が心を通わすのは成竜である。

しかし大変貴重なようだが、コイツみたいに子竜が売り物にされることも中にはあるそうだ。

子竜は成竜と強さが大きくかけ離れているとはいえ、魔物だということに変わりはない。

魔物を連れて行くには、その魔物が絶対に安全だということが証明されていなければならない。

つまり、ただの魔物ではなく契約を結んだ従魔である必要があるのだ。

コイツを連れて行くには、俺と従魔の契約を結ぶことが条件だろう。

ただ、契約を結ぶには《従魔契約》のスキルを扱える者がいなければならないのだが……残念ながらこの町にはいない。

「お前、俺と一緒に旅したいか？」

頭の上に乗っているドラゴンの赤ちゃんに声をかけてみる。

「キュン！」

すると、返事をするように鳴き声をあげた。

「じゃあ仕方ない。俺が《従魔契約》を覚えるしかないようだな」

＊＊＊

○スキル《従魔契約》
魔物を従わせる際に使う契約魔法。このスキルは【魔物使い】系統の才能がなければ取得出来ない。
○取得条件

スキル《念話》を使用し、魔物と心を通わせる。


【魔物使い】系統の才能がなければ取得出来ない、と書いてあるにもかかわらず取得条件がある。

このことから分かるのは、やはり《英知》の情報は完璧ではないということ。

もしくは【努力】の才能があるから、例外的に取得条件があるのか。

考えても埒《らち》が明かないし、深く考えるのはやめておこう。


《従魔契約》を取得するには、まず《念話》を取得する必要がある。

○スキル《念話》
魔力を相手に送り、自分の意思を伝える。遠くにいる相手に《念話》を使いたい場合は魔力を飛ばす必要がある。
○取得条件
《魔力循環》を所有した状態で自分の魔力を相手に届け、身体全体に循環させる。

……なるほど。

とにかく《魔力循環》が取得の鍵ということだけは分かった。

しかし、相手に魔力を届けるとは一体どういうことだ？

「キュウゥン……」

檻の中で子竜は眠そうな鳴き声をあげた。

本来ならば商人の持つ許可証がなければ檻の中に魔物を入れて持ち運ぶことは出来ない。

だが、町長は盗賊退治のお礼に1日だけ持ち運びを許可してくれるとのことだ。

ちなみに子竜を連れてきた俺を見て、宿屋の主人はかなり驚いていたが、町長がちゃんと説明してくれたので事なきを得た。

現在、子竜の目は半分閉じており、それでもなお俺を見つめている。

「ん？　俺が起きてるから寝られないのか？」

「キュィ」

まるで返事をしたみたいだ。

「よし、じゃあ寝るか」

そう言うと、子竜は頭を尻尾の上に置いて枕のように使いながら丸くなった。

寝ている子竜に小さな声で「おやすみ」を言った後に俺は眠りについた。

＊＊＊

翌朝。

先日出会った冒険者3人が朝食を食べに宿屋の1階を訪れていた。

そこで盗賊について聞かれたので片付けたことを報告すると、

「ええ!?　本当に一人で退治したんですか!?」

「強すぎませんか……？」

ピートとケイトは何か驚いている様子だったが、盗賊相手だぞ……？

《英知》で調べたから弱いことは明白。

だから俺一人で退治しても別に不思議なことじゃない。

「すみません、もう一つパンください」

ダンは見た目通り沢山食べる奴だった。

そういえば、と俺はふと《念話》について思い出した。

《念話》を取得するときは《魔力循環》の所持が必須らしい。

《魔力循環》は常時発動しているスキルで、今も俺の全身に魔力が循環している状態だ。

つまり、《念話》を取得する際に最も大事になるのは魔力の扱い方なんじゃないか？

だから俺は才能が【魔法使い】のケイトに話を伺ってみることにした。

「ケイトさん、良ければ魔法について何か教えて頂けませんか？」

「いいですよ！　リヴェルさんの役に立てれば光栄です！」

ケイトは快く承諾してくれた。

「ケイトさんは《魔力操作》や《魔力循環》といったスキルを取得してます？」

「あっ。《魔力循環》は、まだ取得出来てないんですよー」

「え、どうしてですか？」

魔法使いには必須なスキルだと思っていたが、違うのかな？

「んー、なかなか取得出来ないんですよー。というより、リヴェルさん、才能は【剣士】関連ですよね？　魔法関連のスキルに随分と詳しいんですね」

ギクッ。

「友達に【魔法使い】の才能の奴がいて、少し興味があったんです。大事なスキルとは聞いていたので、ケイトさんにもお話をお伺いしたいなーと」

「なるほど！　さすがリヴェルさん！　勉強熱心なんですね！」

……ふぅ、と内心胸を撫《な》で下ろした。

才能が【努力】だと印象が悪いからな。

出来るだけ隠しておきたいところだ。

その後、更にケイトに魔法について聞いたが《念話》を取得する手がかりとなる情報は得られなかった。

＊＊＊

朝食を済ませた俺は檻の中にいる子竜と向き合って、腕を組み、頭を捻《ひね》らせていた。

「……一体《念話》はどうすればいいんだ？」

もう考えても埒が明かない。

とりあえず色々と試してみるか。

魔力を放出してみる。

外に出た魔力を操作し、子竜の全身を巡らせようとする。

しかし、魔力は身体の外側を覆うだけ。

動かしてみるが、これでは意味がないようだ。

やはり身体の内側で循環させないと、取得条件を満たせないのかもしれない。

『……ね……んわ……』

「ん？」

『ねんわ……つかいたい？』

「ああ。だがどうにも上手くいかないんだ」

……ん？

無意識に反応してしまったが、誰が喋《しゃべ》ってるんだ？

「誰が話しているんだ？」

『めのまえ』

目の前？

……目の前ってまさか。

「……お前なのか？」

『うん』

なんと、子竜だった。

俺が《念話》を使って会話をしようとしていたのに、まさか相手の方から使ってくるとは……。

＊＊＊

『魔力あわせる』

子竜が念話で語りかけてきた。

「合わせる？」

『あわせると念話つかえるっ』

「分かった」

ふむふむ。

良いヒントを貰った。

これだけの材料があれば何とか出来るかもしれない。

俺には《英知》があるからな。

キーワードをいくつか絞り、探していく。
……ん？
これか。

○魔力波長
人によって放出される魔力の波長は違うが、意図的に波長を変えることも可能である。波長が近いほど魔力の親和性が高い。

たぶんこれで間違いないだろう。
相手に魔力を届けるには波長を合わせるという作業が必要だったわけだ。

○魔力波長の変え方
魔力の膜を作り、それを通して魔力を放出する。この技術は非常に難しいが、習得すると魔法の幅が広がる。

やり方が分かれば後は……。

——開始から2時間後。

『まだー』

「すまん。今色々と試行錯誤してるんだ」

——開始から4時間後。

『お腹空いた』

「もう少し……あ、魔力があアアアアァ」

——開始から8時間後。

『zzz……』

「波長を変えるにはまず——」

——開始から16時間後。

「出来た！」

「……キュ？」

俺の声で眠っていた子竜が目を覚ました。

子竜の魔力の波長に合わせることに成功した。

気付けば外はすっかり暗くなっていた。

「キュ〜〜」

檻の中で子竜は可愛い鳴き声をあげながら身体を伸ばした。

「遅くなって悪かったな」

「キュイ」

子竜は横になって、眠たそうに前足で目元を擦《こす》る。

俺の放出する波長は子竜のものと同じになった。

かなり時間がかかってしまったが、そのおかげで魔力についての理解は深まった。

魔力波長を合わせると、子竜の内側に魔力を注ぐことが出来た。

そして、その魔力を循環させる。


「スキル《念話》を取得しました」


よし、なんとか《念話》を取得することが出来たぞ。

『あーあー、聞こえるか？』

《念話》で子竜に話しかけてみた。

『うん。でも眠い』

［スキル《従魔契約》を取得しました］

……あの、《念話》した瞬間に《従魔契約》取れちゃったんですけど。

『眠いから寝る……ｚｚｚ』

「お、おう――って寝るな！」

『んん～ねむぃ』

……あれ？

「いまさらだが、お前人間の言葉が分かるのか？」

『うん』

「……ハハ、そうだよな。じゃなきゃ最初から《念話》で話しかけてこないよな」

そういえば、ずっと返事をしてた気がしていたが……。

俺、全く気付いてなかったけど、もしかして鈍感なのか？

『もう寝ていい？』

「契約を結んで従魔にするから少し待ってな」

『あい』

子竜が眠たそうなので、さっさと《従魔契約》を行う。

スキルを使用すると、子竜に透明な首輪が巻かれた。

凝視することで、その存在を確認することが出来る。

「よし、これで一安心かな」

『じゃあおやすみ……ｚｚｚ』

「……俺も寝るか」

早朝に町を出るので、睡眠時間は少ししかなさそうだ。

第三話　【商人】と【賢者】

仮眠を取って、眠たい目を擦りながら宿屋を出た。

前には立派な馬車が止まっており、一人の少女がニッコリと微笑《ほほえ》んだ。

褐色の肌にワインレッドの髪が印象的な快活そうな少女だ。

「私は商人のラル。リヴェルくんで合ってるかな？」

「はい。リヴェルです」

「町長から話は聞かせてもらったよ。君が私の護衛をしてくれるということだね」

「……なるほど」

どうやら町長に一杯食わされたようだ。

金貨1枚はこの護衛の報酬金。

速い馬車は護衛相手。

ということになるな。人が良さそうに見えて、したたかな人だ。

まぁ損をしたわけじゃないし、俺的には得をしたと考えることも出来る。

護衛が務まるかどうかはさておき、精一杯やってみよう。

「じゃあ最初に二つ質問していい？」

ラルは指を二本立てて言った。

「どうぞ」

「オークを一撃で倒したって本当？」

「はい。本当ですよ」

「それなら護衛については何も心配いらないね。――じゃあ二つ目！　その頭の上のドラゴンは何!?」

「キュゥ？」

子竜が鳴き声をあげた。

「これは俺の従魔です」

「へぇー……」

ラルは近づいてきて、じっくりと子竜を品定めするように見た。

「この子、白金貨５枚ぐらいの価値はありそうだよ」

「ごっ、５枚!?」

驚きの額だった。

白金貨５枚は、金貨に換算すると５００枚の価値がある。

視線を上に向ける。

子竜は見えないが、

『売っちゃダメ！』

と、念話で話しかけてきた。

『う、売るわけないだろ？　俺を信用してくれ。な？　な？』

『あい』

邪念が入ったのは間違いない。

だが《従魔契約》を取得出来たということは、子竜が俺に心を開いてくれているのだ。

それを裏切るような真似はしたくない。

「どうする？　後日、私が買い取ってあげてもいいよ」

ニヤニヤとした表情でラルは言う。

「遠慮しておきます。大事な友達なので」

「ふーん。まぁいいんじゃない？　そろそろ行こっか」

「あ、少し待っててください。別の友達が挨拶に来ると思うので」

出発の時刻は伝えたので、そろそろ来ると思うのだが……。

「リヴェルさーん！」

ピートの声だ。その横にはケイトとダンも一緒にいる。

早朝なのにそんな大声出して大丈夫か？

「げっ！」

ラルは、苦虫を噛み潰したような表情をして、馬車に乗り込んだ。

「「「あああっー！」」」

　３人が大きな声で叫んだ。

「ほらリヴェルくん乗った乗った。置いてくよー？」

　ラルは馬車を出発させた。

「ちょ、いきなり出発しないでくださいよ」

　俺はなんとか馬車に乗り込んだ。

「リヴェルさーん！　俺たちがオークと戦ってたのは、その人が原因なんです！」

「私たちを馬車から強制的に降ろして、囮《おとり》に使ったんです！」

「だからリヴェルさん！　気を付けて！」

　３人は精一杯声を張り上げた。

「みんなー！　ありがとうございます！　お元気で！」

　俺は顔を出して、３人に別れを告げた。

「いやー、あの子たち変なことを言うねぇ。あれじゃあまるで私が悪い人みたいに聞こえちゃうな。全然そんなことないから安心してね」

　馬車の中に戻った俺にラルは曇りのない笑顔でそう言うのだった。

＊＊＊

俺が乗っている馬車の荷台には、様々な物が置かれている。

流石は商人といったところか。

「あ、そこらへんの物、勝手に触らないでよね」

「大丈夫です。その辺りの配慮はしっかりさせてもらいますよ」

「ふーん。とりあえずさ、まぁまぁ長い道のりなんだし、親睦を深めるために敬語はなしにしようよ」

「あー、分かった」

「うん、よろしい」

「キュウゥン！」

子竜が少し大きめな鳴き声をあげた。

「おぉっ!?　どうしたどうした」

『お腹空いた！』

あー……確かに昨日から言ってたな。

《念話》を取得するのに夢中で何も食べさせてあげられていない。

でも馬車に乗っちゃってるしなぁ。

『ちょっとラルに食糧がないか聞いてみる』

『あもんどすき』

あもんど？

……アーモンドか。

「ラル、この子がお腹を空かせているみたいなんだが何か食糧はないか？」

「食糧？　荷台の奥に積んであるよ。まぁ1日分しかないから食べさせすぎないようにね」

「1日分か」

「目的地であるウェミニアまでは宿場町が豊富にあるからね」

貿易都市ウェミニア。

商いが盛んに行われている港町だ。

商人ギルドの数も多く、かなりの商人がウェミニアで店を構えている。

貿易商人が多いこともあって、ウェミニアの近くには自然と多くの宿場町が出来ていった。

ウェミニアはフレイパーラに向かう途中にある最も大きな都市だ。

ウェミニアに到着すれば、フレイパーラまでの道のりは大体半分ぐらいか。

「ありがとう。助かるよ」

そう言って俺は荷台の奥の食糧を取り出した。

食糧は干し肉やお茶など保存食がメインだった。

『お、アーモンドあるじゃん』

『あもんどっ！』

子竜はアーモンドが入っている麻袋に首を突っ込んだ。

がつがつと食べる子竜。

そういえば、子竜って何を食べるんだろうか。

気になって《英知》で調べてみると、どうやら何でも食べるらしい。

流石ドラゴンだ。

アーモンドを食べている子竜をぼんやりと眺めていると眠たくなってきた。

まぶたが重い。

仮眠を取ったが、疲れはまだ溜まっているみたいだった。

そのまままぶたを閉じて、少し眠ることにした。

＊＊＊

「もう！　なにやってくれてんのよ！」

……ん。

ラルが怒鳴っている。

その声で目を覚ましたわけだが、一体何が起こったのだろうか。

「キュゥゥン〜……」

「どんだけ食べてんのよ！　今日食べる分何もないじゃない！」

子竜が申し訳なさそうな鳴き声をあげながら、文字通りぽっこりと膨れたお腹を出して仰向けになっていた。

『あもんどっ以外も食べすぎた～』

苦しくて起き上がれないようだ。

その周りには食い散らかされた食糧の残骸が……。

「あ！　ちょうどいいところに起きたわね！　貴方の従魔でしょ!?　これどうしてくれるのよ！」

「わ、悪い……」

「ハァ～、町に戻る時間が勿体ないわね。これじゃあ動物や魔物を見つけ次第、リヴェルに狩ってもらうしかないわ」

「それしかないみたいだな」

近くに宿はない。

《英知》で地図を調べてみたところ、次の宿場町に着くのは明日の夜だ。

その間ずっと移動し続けるわけにもいかない。

「ちゃんと周囲を見ててよね！　それに貴方護衛なんだから寝てないで起きてなさい！」

「はい……すみませんでした……」

「キュゥ……」

子竜も申し訳なさそうにしている。

それを確認したラルは、また馬車を動かし始めた。

『うぅ……あやまる……』

『まぁ俺も寝てたしな。次は気を付けよう』

『あ、あるじぃ～』

翼をバタつかせて、涙目の子竜は俺の胸に飛び込んできた。

それにしても主人《あるじ》か。

従魔契約をしたから、そう呼ぶようになったのかな？

……てか子竜の名前決めてなかったな。

考えておくか。

＊＊＊

日が暮れてきた。

馬車を止め、野営の準備に入る。

「ラビットが見つかって良かったわねー」

「本当にな」

道中、俺たちはラビットに遭遇し、無事仕留めることが出来た。

「……それにしても人ってあれだけ速く動けるのね」

ラルは斜め上を向いて、記憶を蘇らせていた。

たぶん話の流れ的に俺がラビットを狩るために馬車を降りたときのことだろう。

ラビットを逃すわけには行かなかったので必死だった。

「でも俺の父さんはもっと速く動ける」

「戦闘職って凄いわねー。それでもリヴェルより強いのがゴロゴロいるんでしょ？」

「そうだろうな」

俺は天才たちを相手にしなきゃいけないことを再認識する。

「あっ、リヴェルは料理出来る？」

「ある程度は出来るぞ」

「わー、助かるー！　私、料理下手だからさー。作ってよ」

「分かった。荷台にあった香辛料は少し使っていいか？」

「特別に許可しよう！」

「ありがとう。助かるよ」

そこに子竜がパタパタと翼を動かして飛んできて俺の頭にひょこっと乗った。

『あるじ！　りょうりたのしみっ！』

ぐぅ～とお腹の鳴る音がした。

『お前、まだ食べるのか……』

『うん。そだちざかり』

なるほど。

今後、食費がかなりかかることが予想出来た。

まずは火をつけるか。

火魔法を使用し、焚火に火をつける。

《無詠唱》のスキルはこういうときに便利だな。

○スキル《無詠唱》
魔法を詠唱することなく発動することが出来る。求める効果をイメージし、理論に適《かな》った《魔力操作》を行うことで魔法を発動することが出来る。
○取得条件
《魔力操作》《魔力循環》の取得。

一から魔法を構築出来るだけの魔法理論を身につける。


《無詠唱》の取得はかなり難しかった。

《英知》を用いて、魔法の原理を調べて多くの知識を身につけた。

そして《従魔契約》の取得に励んだ際に魔力の波長を変えるすべを身につけてから一気に理解が深まった。

《従魔契約》の大きな副産物だ。

「ちょ、ちょっと待って！　なんで魔法使えるの!?　しかも無詠唱!?　あなた【剣士】とかじゃないの？」

ラルが横で驚いていた。

「これぐらいの初歩的な魔法なら多くの人が使えるだろう？　別に驚くことじゃない」

「えぇ……？　使えたかなぁ……？」

どうやらラルは、あまり勉強熱心じゃないらしい。

《英知》で魔法の学習をしている俺からすれば、無詠唱ではないにしろ、これぐらいの魔法は誰にでも使えると思えた。

ラビットを捌《さば》き、生肉を食べやすい大きさに切る。

脂肪分が少なく、筋繊維が柔らかい。

骨付きのまま香辛料を振りかけ、下ごしらえを済ませる。

そしてフライパンで兎肉《うさぎ》を焼く。

《魔力操作》で火の温度を調整しながら、低温でじっくりと焼き上げる。

そして器に盛り付けると――。

「完成だ」

「……悔しいけど見た目は美味しそうね。匂いもいい香り。で、でも食べるまで分からないわ！」

ラルは兎肉の骨の部分を持ち、口に運んだ。

はむっ。

「美味しっ！　柔らかいのに外はカリッとしてて、噛《か》んだ瞬間に肉汁が出てきて……はむっ！」

ラルは美味しそうに何個も食べていく。
俺も食べてみる。
うん。
美味しいな。
「キュウウウッ！」
子竜はパタパタと翼を動かした。
『あるじぃ～おいしっ！』
喜びを表現しているようだ。
『美味しいか？　キュウ』
『キュウ?』
『お前はよくキュウって鳴くからな。だから名前はキュウだ』
我ながら安直すぎるネーミングセンスだと思う。
『キュウ……うん！　キュウ、おいしっ！』
思いのほか気に入ってもらえているようでホッとした。

＊＊＊

昨晩は野営をしたため、俺は馬車の外に放り出され、ずっと見張り役をやることになった。

おかげで寝不足が続いている。

だが時間は有限だ。

俺は限られた時間で効率良く努力しなければならない。

今俺は魔力を放出し、魔力枯渇状態になろうとしていた。

『あるじ、魔力すごい』

『そうか?』

『でてる魔力、キュウより多い！』

『ふふふ、まあな。これでも魔力枯渇状態は何度も経験して――』

あ、魔力が切れた。

「があああああァァァァァ！」

声を出すつもりはなかったが、キュウに褒められたのが嬉しくてつい出す量を増やしてしまった。

その結果、不意打ちの魔力枯渇状態だ。

「うるさいわね――って大丈夫!?」

ラルは馬車を止め、俺に近づく。

「青ざめた顔してるけど……まさか、魔力枯渇状態……?」

「……ふぅ、そうだ」

「でもその割には元気そうね」

「まぁ他の人よりは魔力の回復が早いかもしれないな」

《魔力超回復》のおかげで魔力の回復の早さは常人の倍だ。

「え、じゃあ本当に魔力枯渇状態なの？」

「そうだと言ってるだろう」

「どんだけ我慢強いのよ……まぁいいわ。貴方が凄い努力家なのは分かったけど、ちゃんと護衛もしてよね」

「もちろんだ」

この周囲には温厚な性格の魔物が多い。

比較的安全ではあるが、依頼を受けている身なのだ。

もう少し気を引き締めて取り掛かるとしよう。

＊＊＊

そしていくつか宿場町を経由しつつ、ウェミニアについたのは5日後だった。

「んー、やっと着いたー！」

ラルが手を上にあげ、背を伸ばした。

「キユウゥ〜〜」

キユウもラルを真似て伸びをした。

関所を抜けた先には、多くの露店が立ち並んでおり、人の数も多い。

流石は商人の町だ。

「護衛はここまででいいよな」

「せっかくなんだから私の商会まで来なさいよ」

「商会？」

「そ。出会ったのも何かの縁だし、宿屋ぐらい手配してあげてもいいわ」

「本当か!?　……お前いい奴だな」

「護衛のお礼よ。町長に嵌められてたんでしょ？」

「そうだな。だけど結果的には想定していたより早くウェミニアに来ることが出来た」

普通の馬車なら5日では済まないだろう。

「なにその底抜けのポジティブさ。リヴェルの方こそいい奴じゃない」

ラルの商会に着くまで俺たちは馬車に乗っていた。

商会の横には厩舎《きゅうしゃ》があり、そこに馬車を預ける。

ラルの商会は凄まじい大きさで、他の建物と比べても、倍ぐらいのでかさであった。

商会内に入り、ラルの書斎まで行くと宿屋に紹介状を書いてもらった。

これで俺がウェミニアに滞在している間は宿屋がタダということになる。

紹介状を貰った俺とキュウはラルにとても感謝した。

ラルと別れてから宿屋に向かって歩き始めたが、どうにも視線を感じる。頭の上に乗っているキュウのおかげで変に目立っているらしい。

『ラル、思ってたよりいいひと』

『俺も最初はもしかして悪い奴なんじゃないかと少し思ったけど、案外そうでもなかったな』

『あもんど買ってくれたからいいひと』

宿場町に着いたとき、ラルはキュウにアーモンドを買い与えていた。

それでキュウはラルに懐いたらしい。

こいつチョロい。

そんな俺たちの前に路地裏から二人の男が現れた。

「おいゴラァ！　オメェ、なに頭のもん見せつけながら歩いとんじゃぃ！」

「これだから貴族の坊ちゃんは困るぜ。ケケ」

ボロボロの服を着た浮浪者だ。

一人はガタイの良い男。

もう一人は痩せ細っている不気味な男。

ウェミニアは商人が多い反面、貧富の差は激しい。

裏通りにはスラム街が形成されていて、そこでは主に盗品など表の市場では見ることの出来ないものが売られており、中には貴重なアイテムが売られていたりもするようだ。

「なにか用ですか？」

「用ってほどでもねぇよ。ちと、その頭の上に乗せてるもん置いて行ってくれねえか？」

「おっと、拒否権はないぜ？　ケケケ」

男はニヤニヤと笑いながらナイフを舌で舐める。

「先を急いでるので失礼します」

「ゴラァ！　待たんかい！」

左肩を掴《つか》まれた。

俺は右手でその手首を掴み上げ、後ろを向いた。

「離してもらえますか？」

「――ぐっ、このッ！　やっちまえ！」

男は手を振りほどくと、殴りかかってきた。

「ケケケッ！」

もう一人の男もナイフを突き刺そうと動き出した。

この街は、こういうのが日常茶飯事なのか？

そうだとすれば恐ろしく治安が悪いな。

しかし幸にして俺には彼等の動きが全て見えていた。

まずはナイフという凶器を無効化することが大事だ。

下手すれば怪我人が出る。

殴りかかってきた拳を半身をずらしてかわす。

「なッ！」

そしてもう一人の男のナイフを持つ手目掛けて、かかと落とし。

ナイフは地面に落ち、カランカランと音を立てた。

「ひぎっ！」

そのまま足を地面に着地させ、もう片方の足で腹に蹴りを入れる。

「ごふっ――」

ナイフを持っていた男は腹に手を当てて地面に倒れた。

「このヤロォ！」

ガタイの良い男は、怒りの形相で再び殴りかかってきた。

今度は拳を受け止めて、腹を殴り返した。

「ガハッ――」

腹筋が鍛えられていたが、無事効いてくれたようだ。

『あるじ……カッコいい！』

パタパタと空中に避難していたキュウは目を輝かせながら念話で思いを伝えてきた。

『本当は痛めつけずに無力化出来ると良いんだがな』

生憎だが俺は、まだその域まで達していない。

『よけいにカッコいいっ！』

……うーん、何かキュウのツボにハマってしまったみたいだ。

まるでヒーローを見るかのような尊敬の眼差しだ。

「――おいお前ッ！　何をやっている！」

道の先で声を張り上げたのは、ローブを着た魔法使い風の女だった。

「俺はこの人たちに襲われて——」

「問答無用だ！　今から私がお前の暴力を止めてやる！」

この子かなり勘違いしているのでは？

……やっぱり、痛めつけずに無力化出来れば一番良かったな。

＊＊＊

突如として現れた女は杖を手に持ち、その先をこちらに向けた。

「暴力を振るっているというか、これは仕方なくというか。あ、この地面に落ちてるナイフを——」

「ウィンドブラスト！」

——って、人の話聞いてねぇ！

魔法が放たれた。

うっすらと見える風の塊がこちらに勢いよく向かってくる。

周りには露店があるにもかかわらず、こんな魔法を使ってくるとは……。

直撃すれば俺だけでなく、腹を押さえてノックダウンしている二人も巻き込まれるだろう。

助けようとした奴を巻き込んでどうするつもりだ？
この場を最も穏便に切り抜ける方法はただ一つ。
放たれた風魔法と同じ威力の風魔法をこちらも放つこと。
そうすることにより、互いが打ち消しあって相殺される。
詠唱にかかる時間を思考だけで済ますことが出来る。
《無詠唱》は便利だ。
彼女が放った魔法を分析し、風魔法を放った。
同じ大きさ、同じ速度の風の塊が衝突する。
ぽんっと音を立て、魔法は消滅した。
「なにっ!?　無詠唱だと!?　くそ、こうなったら――」
大きな声を出してくれるおかげでよく聞こえた。
あの子、まだ続ける気か？
流石にこれ以上は被害が出る。
俺は彼女を止めるためにも駆け出した。
「こらアーニャ。あれだけ町で魔法は使うなと言っただろう」
彼女の次なる魔法の準備を止めたのは、俺ではなく別の男だった。
仕立ての良い服を着た眼鏡の男が彼女の頭を軽く叩いた。
年齢は俺と変わらないぐらいに見える。

「いててっ。あ、クルト様。これは違いますよ！　あの男が――って、ええっ!?　どうしてこんな近くにいるの!?」

アーニャと呼ばれた少女は驚いていた。

「どうしてって、貴方を止めるためですよ」

「止めるのは私の――むぐむぐっ」

先ほどクルト様と呼ばれていた男に口を押さえられる。

「ごめんね。この子、正義感が強すぎるせいで周りが何も見えないんだ」

「大丈夫ですよ。暴力を振るっていたというのは間違いではないので」

「……ふむ、スラムの住民か。見たところ君は旅人だろうし、頭上にいる子竜目的に襲われでもしたんじゃないかな？」

鋭い観察眼だ。

背後にある少しの情報で何があったかを推測している。

「ええ、その通りです」

「あーやっぱりそうだったか……。本当にすまない。君が止めてくれていなかったら町に被害が出ていたところだった。アーニャ、君からも謝りなさい」

「……あの、その……ごめんなさい」

少し戸惑いながらも頭を下げて謝ってくれた。

『この人、悪い人じゃなさそう。ゆるしてあげて』

キュウが念話でそう伝えてきた。

俺も悪い人ではないと思うし、もちろん許すつもりだが、どうしてキュウがそう思ったのかが気になるな。

『どうして悪い人じゃないと思うんだ？』

『キュウ、人の心わかるっ！』

『まじかよ。すげーな。さっきのスラムの人たちは？』

『わるいひとっ！』

どうやらスラムの人たちは悪い人だったようだ。

まぁそりゃそうか。

「……勘違いは誰にでもありますよ。でもなんで俺だけが悪いと判断したんです？」

クルトさんが状況を把握出来たのだから、冷静に考えれば魔法をぶっ放す選択はしないと思うのだが。

「お腹を殴っているところを見てしまったので……」

凄く単純な理由だった。

「アーニャ、それだけでいきなり襲いかかったら君の方が悪い奴だからね」

「はい……本当にごめんなさい……」

それから少し話をして、後日改めてお詫びがしたいとのことだ。

泊まっている宿屋を聞かれたときは、ラルから紹介状を貰っていてラッキーだと思った。

明日出向いてくれるらしい。
俺が反撃したスラムの人たちは、いつの間にかいなくなっていた。

＊＊＊

翌日の朝、宿屋の前で待機していると一台の馬車がやってきた。
人を乗せることに特化した貴族御用達の馬車といった感じ。
執事服を着た初老の方に、俺がリヴェルであるかどうか確認された後、馬車に乗った。
『すわるところふかふかっ！』
クッションの上でキュウはバタバタと動きながら身体を擦り付けていた。
確かにこれは柔らかい。
これなら長時間乗っていても疲れを感じにくいだろう。
しばらく馬車に乗っていると、めちゃくちゃでかい屋敷の前に辿り着いた。
馬車を降り、執事の案内で屋敷内を歩いていく。
「こちらのお部屋でクルト様がお待ちになっておられます」
そう言って執事は礼をした。
「ありがとうございます」
部屋の扉を開けた。

「リヴェル、昨日振りだね」

「ああ……ってかクルトの家金持ちだったんだな」

俺たちは砕けた口調で話した。

クルトは同年代の友達がいないようで、良ければ仲良くして欲しいと言っていた。

俺としてもこういった喋り方の方が楽でいいから、快く承諾した。

「そうだね。一応父上はここの領主だからね」

「……へ？」

「アハハ、面白い反応をするなぁ。改めまして、クルト・ウェミニアです。よろしく」

高貴な雰囲気を纏っているとは思っていたが、クルトは予想を遥かに超えるほど偉い人だった。

＊＊＊

「昨日はかなり迷惑をかけたね」

「まぁ、そうだな」

「アーニャは僕の従妹《いとこ》なんだ。僕が本家でアーニャが分家。そのせいで昔から比較されることが多くてね……。アーニャは凄く頑張り屋さんなんだ。でもいつもそれが空回りしてしまうんだよ」

色々と事情がありそうだ。

話を聞くと、クルトとアーニャは同じ12歳で、生まれてからずっと一緒だったみたいだ。

出来がいいクルトと出来の悪いアーニャ。

地位も違っていれば、実力も違う。

「そういえばアーニャはどうしているんだ？」

「ああ、少し罰を与えているんだ。今まで言って聞かせてきたけど、被害が出てからでは遅いからね。それに周りが見えなくなることは何よりもアーニャ自身を苦しめている。だから僕はアーニャの思考を少しだけ矯正することにした」

「矯正？」

「なに、精神魔法でちょっとした苦しみを与えているだけさ」

本当にちょっとした苦しみで済むレベルなのだろうか……。

詳細を聞くのは怖いので、聞かないことにした。

……それにしても難易度の高い精神魔法を平然と行っているクルトは一体何者だ？

「俺と同じ歳で精神魔法が使える奴がいるなんてな」

「……ほう。やっぱりリヴェルは魔法に詳しいようだね。それについて僕はかなり気になっていたんだ。何やら無詠唱で魔法を発動したそうじゃないか」

「まぁ勉強はしているな。クルトの方こそ一体何者だ？」

「僕は才能が【賢者】だからね。賢者を志す者として然るべき知識を身につけているだけさ」

賢者は【魔法使い】関連の才能で最高のものだ。

「賢者か……。英傑学園には行かなくて良かったのか？」

【竜騎士】の才能に引けを取らない最高の才能を持っているというのに、英傑学園に入学していないのは疑問だ。

なによりあそこは国の方針で才能あるものをかき集めているというのに。

「高等部から入学することになっているよ。魔法の探究を行うには学園には行かない方が良いらしいんだ」

「……らしい？」

クルトの言葉には引っ掛かりを覚えた。

「うん。才能を貰った日の晩に神の声を聞いたんだ。それに従うなら英傑学園には行かない方が良い」

「神の声？」

「うん、突然神様から語りかけてくるんだ」

「へぇ～、まぁそういうこともあるのかな。俺は聞いたことがないからにわかに信じられないな」

「気持ちはわかるよ。でも、そのときがきたらちゃんと神様だって自己紹介してくれるよ」

「律儀な神様だな」

「ハハハ、本当だよね。それでリヴェルの才能は？」

クルトから才能を教えてもらっているのに俺だけ教えないのは不公平か。

しかし才能が【努力】であることを告げるのは少し躊躇《ためら》いがある。

先ほどの話題が魔法に関することであったため、俺は【魔法使い】だと言った。

「リヴェルが【魔法使い】だって？　嘘はやめなよ。アーニャに向かってくるあの身のこなし。才能を貰ったばかりの魔法使いが出来ることではないよ」

こいつ……変に鋭いな。

こうなっては仕方ないか。

素直に自分の才能を話すとしよう。

「実は俺の才能は【努力】というものなんだ」

ガタッ。

俺がそう言うと、クルトは勢いよく立ち上がった。

そして俺に近づいてきて、両手を握った。

「――やっぱりそうだったか！」

かなり興奮した様子でクルトは言った。

「やっぱりだと？」

「ああ。最初からそうなんじゃないかと思っていたんだ」

「待て待て。一体どういうことだ？」

【努力】の才能はほぼ知られていないはずじゃないのか!?

俺の住んでいた街では少し噂になってしまったが、離れたところに住むクルトが知っているはずがない。

「さっき言ったよね。神の声を聞いたって」

「……まさか」

「神は言ったんだ――『貴方の前に現れる【努力】の才能の持ち主は、魔法への探究心を満たしてくれる』ってね。つまりリヴェル、君のことさ」

魔法への探究心を満たす？

……《英知》が関係しているのかもしれない。

「お前……知っていて近づいてきたのか？」

「まさか、単なる偶然さ。いや、この場合必然とでも言うのかな？」

不可解なことがある。

どうして神様は俺の知らないところでクルトに語りかけていたのか。

そして何故俺にコンタクトを取らなかったのか。

考えても答えは出ないだろうが、少し気になることではあった。

「……それで【努力】の才能を持つ俺が現れたわけだが、クルトはどうするつもりなんだ？」

「リヴェルと一緒に旅をしようかなって」

「……領主の息子なのに大丈夫か？」

「平気さ。父上には既に僕の考えを伝えている。英傑学園の高等部にさえ入れば文句はないさ。

……それにアーニャは僕がいない方が成長出来る」

「まぁ旅に同行するのは良しとして、アーニャはお前がいないと問題を起こすんじゃないか？」

アーニャは人の話を聞かない性格のように思える。

悪い奴じゃないんだろうけどなぁ。

「アーニャには僕の存在自体がプレッシャーなのさ。僕に追い付こうと必死で、自分の能力以上を求めて自滅する」

「……」

そう言うクルトの目は少し寂しげだった。

でも確かにクルトの言うことは的を射ている気がした。

少しだけの付き合いだが、あのときのアーニャの行動は少し焦っているようにも感じていたから。

「リヴェルの才能は【努力】だよね。だったら一人で努力するよりも二人で努力した方が色々と捗《はかど》るんじゃないかな？」

その通りだ。

協力者がいるだけで出来ることの幅は大きく広がる。

クルトは魔法への探究心を満たすために。

俺は更なる努力のために。

「旅の仲間に【賢者】がいてくれたら大助かりだ。一緒に来てくれるか？」

「ああ、よろしく頼むよ」

「よろしくな」

俺とクルトは握手をした。

それは俺に旅の仲間が一人増えた瞬間だった。

＊＊＊

一方、精神魔法をかけられたアーニャはと言うと。

「……ごめんなさい……ごめんなさい」

暗い部屋で一人泣きながら、謝罪の言葉を述べていた。

見えている幻覚は移り変わりながらもどこか現実味を帯びながらアーニャの精神を蝕《むしば》んでゆく。

それは悪夢と言うに相応しく、自分の行いを後悔させるのには十分すぎるほど悲惨な幻覚だった。

「……もうしません！　もうしませんから！」

この体験はアーニャの心の奥底に軽いトラウマを残した。

クルトの荒療治だが、アーニャには効果抜群であった。

日常生活に支障はないものの、何かを決断する際に「それは本当に大丈夫なのか？」と先のことを考える材料となる。

そしてアーニャが解放されたのは精神魔法をかけられて24時間経《た》ってからのことだったという。

解放されたアーニャは、しばらく泣きながらクルトに謝ったらしい。

めでたしめでたし。

＊＊＊

クルトと旅立つことが決まったが、まだ色々と準備があるようですぐにはウェミニアを出ることが出来ないようだ。

だから俺は一人で修行することにした。

これは金策も兼ねているため、一石二鳥だ。

「あっ」

「やっほー」

宿屋から出ると、ラルが待ち構えていた。

「なにか用か？」

「用ってほどでもないんだけど、何してるのかなーって」

「これから魔法の修行をしに行くんだ」

そういえばラルは大規模な商会を持っていたな。

これから作るものを査定してもらえば、良い値段で買い取ってくれるかもしれない。

「どんなことするの？」

「ある物を作ろうかなって。品質が良ければラルの商会で買い取ってもらいたいな」

「ほほぅ！　それはお金の匂いがするねぇ！」

ラルは急にテンションが上がった。

「それでそれで？　一体何を作るんだい？」

「まだ作れるかは分からないけど、塩を作ろうかと」

「塩！　いいね。需要は結構高いし、それ相応の価値になるだろうね」

「良質な塩は作れないだろうけどね。粒が粗くなると思う」

「大丈夫。量さえ確保出来れば何も問題はないわ」

「分かった。じゃあまずは海岸に行こうか」

「おー！」

「キュゥー！」

＊＊＊

海岸にやってきた。

実は海を訪れるのは初めてだ。

潮風が吹き、独特な海の匂いがした。

「それで、どうやって塩を作るの？」

「海水を蒸発させようと思う」

「え、それは流石に無理なんじゃない？　それに蒸発させても波とかで流されそうだし」

「それを防ぐのにまずは人工池を作ろうかなって」

土魔法を使用して、土の壁で海水を囲んでいく。

地面に魔力を伝達させ、俺の思い描く場所に壁を作る。

魔力は豊富にあるが、初めてなのであまり大きくしすぎない程度に人工池を作製。

「……こんな瞬時に作れるものなのかしら」

「やろうと思えば出来る人は多そう。俺の魔法はまだまだ未熟だから」

《英知》で知ることの出来る魔法の知識を俺はまだ全体の5％も理解出来ていない。

まだまだ先は長い。

こんなことが出来る程度で満足していてはならないのだ。

「……未熟？　……ぇぇ？」

次に俺は人工池の中にある海水を蒸発させる作業に入る。

このままの状態でも蒸発はするが、効率を高めるには海水の温度を上げる必要がある。

俺は直接水の温度を上げることにした。

火魔法の理屈は温度変化だ。

温度を上げることによって火を作り出している。

そう考えれば、氷魔法も一緒だ。

しかし区分しやすいように温度を正に変化させたものを火魔法、負に変化させたものを氷魔法としているわけだ。

海水の温度が高まり、ぐつぐつと沸騰してきた。

人工池にある分の海水を全て蒸発させるには何回か魔力枯渇状態になるだろう。

「ねぇ……魔力とか大丈夫なの？」

ラルが少し心配そうな様子で聞いてきた。

「何回か魔力枯渇状態になるぐらいだから大丈夫」

「それ全然大丈夫じゃないじゃん！」

……確かに。

最近では魔力枯渇状態になることが当たり前になりすぎて、少し感覚が麻痺していたようだ。

これ普通に考えたらめちゃくちゃ苦しいし、1回でもなろうものなら大丈夫じゃないっていうレベルだ。

「ほら、ポーション持ってきたから飲みなさい」

そう言って、ラルはバッグの中から赤紫色の液体が入った小瓶を取り出した。

これがポーションか。

初めて見るな。

「……飲んでいいのか？」

「もちろんよ。貴方のために用意してきたんだから」

「……後でポーション代とか言って、めちゃくちゃな額を請求してきたりしない？」

「貴方、私のことを何だと思ってるのよ……」

「いや、それだけ最初の印象が悪くてな……」

ピートたちを囮にしたというあの話だ。

「あれは私も悪いと思っているのよ？　でもあの状態で何もアクションを起こさずに、ただ逃げているだけだと４人全員が死ぬわ。それなら３人を護衛に雇った私だけでも生き残るために最善を尽くすのが合理的じゃないかしら？　……ハァ、どっちにしろ印象は悪いわね。これが商人の生き方なのよ」

「いや、ラルの考えを聞いて納得出来たよ」

「え？」

「ラルの行動は正しいよ。相手に悪いと思いながらも自分の考えを曲げないその生き方は立派だと思う」

「やめてよ。そんな褒められたことじゃないわ。非難されるべき行いよ」

「かもしれないな。でもラルはいい奴だよ。ポーション、ありがたく頂戴するね」

小瓶を手に取り、赤紫色の液体を飲み干した。

「……まっず」

「っぷ。アハハハハ！　カッコつけてたのにそれじゃ締まらないわね」

「……カッコつけてた？」

「ええ。カッコつけていたわ」

……よく分からんな。

＊＊＊

「この短時間でこれだけの塩を作れるとはね……」

海水は蒸発し、塩が出来上がった。

量にしては１００kg程度だろうか。

これだけで金貨50枚ほどの価値がある。

ラルのくれたポーションのおかげで魔力枯渇状態にはならないで済んだ。

まぁ結局、後で自発的に魔力枯渇状態になるのだが、ラルの厚意は素直にありがたい。

「運搬するのも一苦労ね。一度街に戻らないと」

「いや、少し待ってくれれば運搬は出来るはずだ」

「え？　なんで？」

「スキルを取得するのさ」

「スキル!?　少し待ったぐらいで取得出来るわけないじゃない！」

「やってみなきゃ分からないだろう？」

「……じゃあ少しだけ待ってみることにするわ」

スキル取得条件を確認したところ、俺でも出来そうだったのであまり時間はかからないと踏んでいる。

そしてこれはめちゃくちゃ便利なスキルだ。

この機会に是非取得しておくとしよう。

＊＊＊

俺が今から取得するスキルは《アイテムボックス》だ。

〇スキル《アイテムボックス》
亜空間にアイテムを保管することの出来るスキル。亜空間には物理法則が存在せず、時間という概念がないため、入れたアイテムの状態は維持される。
〇取得条件
魔法によって亜空間を作製する。

《英知》で取得するスキルは本当に有用なものかどうかを考えて選んでいる。

何故ならあまり強くない、便利ではないスキルを取得するために時間を費やしても実力の向上は少ないからだ。

それなら自己鍛錬をし、魔力枯渇状態になることで魔力の上限を増やした方が良い。

そういった理由から俺はスキルを乱獲しないでいた。

《アイテムボックス》を発見した経緯は《英知》で『魔法』関連で取得出来るスキルを調べていたときに見つけた。

そのときは取得するのはまだ先にしようと考えていた。

何故なら取得条件の亜空間を作製するには、かなりの魔力を要するからだ。

亜空間を作製する方法は《英知》で分かる。

……だが俺の魔力の最大量は決して多いわけではない。

そのため《魔力超回復》を最大限に活用し、今までにないほどの魔力枯渇状態に耐えなければいけない。

その苦しみがどれだけのものかは想像するだけでも悲惨だ。

しかしメリットも大きい。

魔力の上限が大きく引き上げられることは間違いないし《アイテムボックス》というスキル自体も有用。

それにこれを取得することで魔法の幅も広がる。

だから《アイテムボックス》は取得しておきたい。

そこで今回のように何かに関連付けることにした。

《アイテムボックス》を取得しなければいけない状況に自らを追い込むのだ。

ただ、ラルには心配をかけるかもしれない。

俺が今からやろうとしていることは先ほどと違って、かなりハードなものだからな。

「ラルには一つ謝っておきたいことがあるんだ」

「え、なに？」

「さっきポーションを貰ったのに悪いんだけどさ、これからしばらくの間、俺は魔力枯渇状態になる」

「ハァ!?　なに考えてるの？　廃人にでもなりたいわけ!?」

「大丈夫だ。理性を保つことさえ出来ていれば問題ない」

「……めちゃくちゃ問題ありそうなこと言ってるの自分で分かってる？」

「ハハ、俺は1日に10回は魔力枯渇状態になっているんだぜ？　これぐらい屁《へ》でもないよ」

これは少し見栄を張ったかもしれない。

今からやることはかなり大変なことだ。

「……なるほど、リヴェルが既に頭おかしくなっていることは分かったわ……。じゃあとりあえず応援してあげるから頑張りなさいよ」

「ありがとな」

「ええ、私の順応性の高さに感謝しなさい」

「そうだな」

『あるじぃ……むちゃやだめ』

心配そうにキュウが話しかけてきた。

『無茶しているつもりはないよ。俺にとってこれは全てただの努力でしかないからね』

『じゃあだいじょぶ？』

『余裕だ。安心していいよ』

『あい』

キュウはラルの方へパタパタと飛んで行った。

ラルは少し驚いていたが、どうやら納得してくれたようだ。

さて、やるか。

亜空間を作製するには、まず現在の次元とは違う次元を感知しなければいけない。

以前に魔力の波長の変え方を身につけたとき、同時に魔力周波数というものが存在することを知った。

これを特定の周波数に合わせれば……。

――よし、繋がった！

目には見えないが、違う次元への道が繋がった。

感覚でしか分からないため、ラルは気付いていない様子。

『あるじ……すごい……』

キュウは気付いたようだ。

返事をしてあげたいが、残念ながらそこまで余裕はない。

今から集中力を切らさずに魔力を絶え間なく流さなければならないのだから。

別次元への道を繋いだのはスタート地点に過ぎない。

ここから亜空間を作製するには膨大な魔力が必要となるのだ。

魔力を流し始めると、しばらくして魔力枯渇状態に陥った。

「あがっ……」

ラルやキュウが見ているため、あまり心配をかけたくない。

声は最小限に抑えて痛みに耐える。

……よし、魔力枯渇状態になってからが始まりだ。

この亜空間を作製する際は絶え間なく魔力を流さなければいけない。

なので魔力の供給が追いつかなかったり、残りの魔力がゼロになったりすれば失敗となる。

そこで俺が利用するのは《魔力超回復》のある性質だ。

《魔力超回復》は魔力の残量が少なければ少ないほど、魔力の回復量が上昇する。

つまり、残りの魔力がゼロになるギリギリのところで維持していれば、今の俺でも《アイテムボックス》を取得することが出来るのだ。

……と、言葉にするのは簡単だが、実際にやってみるとめちゃくちゃキツイ。

魔力枯渇状態にも苦しみのレベルがあるみたいだ。

魔力がある一定の残量に達すると生じる魔力枯渇状態だが、少なければ少ないほどとんでもない痛みになる。

「ガアアアアアアァァァァァッ！！！」

ダメだ。

声を我慢出来ない。
想像を絶する痛みだ。
ラルやキュウが心配そうにしている。
何を言っているのかは分からない。
やめてしまいたい気持ちがふつふつと湧き上がってくる。
やめれば楽になる。
苦しみから解放される。
俺はもうやめてしまおうかと、魔力の放出を緩めた。
――が、すぐに魔力の放出の勢いを戻した。
諦めようとしたときにアンナの顔が思い浮かんだのだ。
一度諦めれば、俺はそこで終わってしまう。
この先、これ以上の苦しみが待っているだろう。
それにこんな所で諦めてたら、世界最強なんて絶対に無理だ。
決めたことは最後までやらなければいけない。
……最近、気持ちが緩んでいたのかもな。
良かった。
ここでまた気付けて。

そして1時間が経過したとき。

［スキル《アイテムボックス》を取得しました］

＊＊＊

商人として生まれた私がリヴェルと出会ったのは全くの偶然だった。

最初は本当にこの人がオークを一撃で倒したのか疑っていた。

でも町長が情報を偽装するわけがないし、それだけの実力を持つ冒険者を金貨1枚で護衛として雇えるのは美味しい条件だった。

子竜を従魔にしていたり、言葉遣いが冒険者らしくなかったりしたことから最初は貴族かと思っていた。

しかしそんなことはなく、貴族でも裕福な家庭で育ったわけでもない普通の人だというのに、言葉遣いが丁寧で、知識が豊富なのだ。

きっと、学習意欲が物凄く高いに違いない。

口数は多くないけど、自分の意見をハッキリ主張するところや料理が上手なところには好感が持てる。

そして何より、彼は凄い努力家だった。

護衛の役目を果たしながら、彼は自己鍛錬を欠かさない。

魔力枯渇状態になっても平然としている彼を見て、私は彼の才能が【努力】なのではないかと疑うようになった。

『貴方の前に現れる【努力】の才能の持ち主は、商人として成功するうえで欠かせない存在となる』

才能を与えられた夜に聞いた、神様からのお告げ。彼こそが、そうなのではないか。

そして努力を毎日続ける彼を見て、疑惑は確信へと変わった。

神様の言う通り、私の目の前に【努力】の才能を持つ者が現れたのだ。

逃す手はない。

ウェミニアは宿屋の数も多く、どこに泊まったかが分からなければ居場所を特定するのは難しい。

それを防ぐために私は宿屋を提供した。

彼は私をいい奴だと言うが、そんなことはない。

打算的で利益のことしか頭にない人間だ。

……でも、彼が私をいい奴だと言うのなら、そうあるように努めたいと思うのはどうしてだろうか。

そうした思いもあって、私はポーションを持って彼に会いに行くことにした。

彼が塩を作ると言ったときは驚いた。

……それを本当に作ってみせたときは更に驚いた。

魔法ってあんなに便利なものだっただろうか。

いや、彼が特別なのかもしれない。

塩を運搬するために彼が苦しみ出したときはどうすれば良いか分からなかった。

悲鳴をあげている彼を私は必死で応援した。

その最中、私は思ったのだ。

彼は何故こんなにも努力出来るのか？　と。

そして彼の助けになってあげたいとも思った。

彼の助けになることが商人としての成功に欠かせないものなら私は喜んで協力しよう。

＊＊＊

《アイテムボックス》を取得したというメッセージを聞いて、一気に力が抜けた。

地面に倒れ込み、仰向けになった。

「……大丈夫?」

ラルが心配そうに話しかけてきた。

「……ああ、ポーション余ってないか?」

「一つあるわ――はい」

ラルはバッグからポーションを取り出して、俺に渡してくれた。

蓋を開けてポーションを一気に飲み干すと、ふぅ～とため息が出た。

なんだかとても落ち着いた。

『あるじ、だいじょぶ？』

『大丈夫だ。心配かけたな』

『あるじ～！』

キュウが胸に飛び込んできた。

人前でハードな努力をするのはやめておいた方がいいかもしれないな。

塩を運搬するためとはいえ、ラルは嫌な思いをしただろう。

「ラル……ごめんな。見苦しいところ見せちゃって」

「これぐらい平気よ。だって、貴方はこれからも努力を続けるんでしょ？」

「そうだけど……」

「じゃあもっと頑張らなきゃね。それで塩の運搬は出来そうなの？」

もっと怒られたりするものだと思っていたが、案外普通の反応だった。

俺としてはとてもありがたい。

「ああ。《アイテムボックス》のスキルを取得したからな。塩ぐらい余裕さ」

「……この短時間で《アイテムボックス》を取得したの……？　商人なら誰もが欲しがるスキルじゃない！」

「そうだったのか。確かに便利だよな、このスキル」

時間の概念がない空間にアイテムを保管出来るため、食料とかには困らない。

保存食をわざわざ用意しなくても、料理をそのまま《アイテムボックス》で保管すれば、いつでも出来立ての状態で食べることが出来る。

それだけでなく、持ち運びには面倒なものを簡単に収納出来るので大変便利なスキルだ。

「リヴェルと一緒にいると感覚が麻痺しそうだわ……」

そして塩を《アイテムボックス》に入れて、ウェミニアまで運んだ。

ラルが１００kgの塩を金貨50枚で買い取ってくれた。

夕食はこれで豪勢に食べるとしよう。

＊＊＊

翌日。

俺が宿屋の前に出ると、不機嫌そうな顔をしたクルトとラルがそこにいた。

「「リヴェル！」」

俺の顔を見ると、二人とも笑顔で話しかけてきたが、声がハモったせいかまた不機嫌な顔になる。

「何故君がリヴェルの名前を呼ぶんだ？」

「それは私がリヴェルの友人だからよ」

「ふぅ、リヴェルも厄介な友人を持ったものだね」

「うるさいわね。そういうあんたはどうしてリヴェルに用があるわけ？」

「僕はリヴェルの仲間だからだよ」

そう言ったあとにクルトは俺の方を向き、笑顔を見せた。

「リヴェルは旅の準備は万端かな？　僕はいつでも出発出来るよ」

宿屋の前で待っていてくれたのは、旅の準備が出来たからだったか。

それにしてもクルトとラルは知人のようだ。……残念ながら仲は悪そうだが。

「じゃあ今すぐにでも出発するか」

もうここに滞在する理由もないし、さっさとフレイパーラを目指した方が良いだろう。

「ま、待ちなさい！　たしかリヴェルはフレイパーラに向かう予定だったわね？　私も同行させてもらってもいいかしら？」

「却下だ」

ラルの申し出をクルトが即座に却下した。

「なんであんたが却下するのよ！」

「それは僕がリヴェルと旅をする仲間だからだ。それに馬車はもう既に僕が用意してある。君が乗るスペースはない。諦めたまえ」

「あら、それなら私がもっと良い馬車を用意すれば良いわね。私の商会が用意出来る最高品質の馬車でフレイパーラに向かいましょう」

「ラル。諦めが悪いのは変わらないようだね」

「ええ。根っからの商人気質《かたぎ》なものでね」

……どうやら二人は思った以上に仲が悪いようだ。

ただ、旅の仲間にラルが加わってくれるのは個人的に大助かりだ。

これから冒険者になるうえでラルの商人としてのスキルはかなり役に立つだろう。

「……クルト、すまないがラルの同行を許してやってくれないか？」

「やったー！　ありがとうリヴェル！」

「なっ……リーダーである君がそういうなら仕方ないか」

「……物分かりが良いのは助かるんだが、いつから俺はリーダーになったんだ？」

「それは僕がリヴェルを信頼しているってことだよ」

「出会ったばっかりでそうも信用出来るものか？」

「神様の声を聞いたって話を信用出来る人は中々いないよ」

「……それだけ聞くとただのバカみたいだな」

「ハハ、リヴェルと話してて、何でも信じちゃうような人ではないってことは分かるからね。ちゃんと僕はリヴェルを正当に評価した結果、リーダーに適した人間だと思ったのさ」

「そ、そうか」

とりあえず、ちゃんと俺を信用してくれていることは分かったし、それ以上言及することもないだろう。

「神様の声ねぇ……」

ラルは信じられない、といった様子でクルトの方をじっと見つめていた。

「まぁ……せっかく3人で旅をしていくわけだし、クルトとラルは仲が悪いようだが、この機会に打ち解けてくれると嬉しいな」

「「それはない」」

またハモった……。

一周回って仲が良いのでは？　と思ってしまうが、当人たちは凄く不機嫌そうだ。

『あるじ！　おもしろそう！』

そんな二人を見て、何故かキュウは嬉しそうにしているのだった。

＊＊＊

馬車はラルが用意したものを使うことになり、既にウェミニアを出たところだ。

馬を操るのはラル。

俺とクルトは荷台で魔法の話に花を咲かせていた。

「賢者なら鍛えていれば《無詠唱》のスキルを取得出来るんだけど、リヴェルはどうやって使っているんだい？」

クルトは魔法についての話をすることが好きみたいだ。

神様に『魔法への探究心を満たせる』と言われて学園への入学を蹴っただけはある。

「魔法を一から構築出来るだけの魔法理論を身につけたら、いつの間にか《無詠唱》を取得していたな」

俺の場合は取得条件が明確になっているため分かりやすい。

そういえば、魔法理論の他にも《魔力操作》《魔力循環》というような基礎的なスキルも覚えておく必要があったな。

まぁこれぐらいはクルトも取得していることだろう。

「……興味深い話だね。続きを聞かせてくれるかな？」

「ん？　魔法理論については文献を漁《あさ》ればある程度は載っているだろ？」

実際に《英知》で調べることが出来たんだ。

領主の息子という立場であるクルトは昔から魔法の勉強をしていたみたいだし、きっと多くの魔導書を読んでいるだろう。

「ああ。普通の魔法理論などは文献を漁ればいくらでも出てくる。だが、リヴェルの知っているものと僕の知っているものでは明確な差があるのさ」

「差？」

「僕の知っている魔法理論はどう応用しても、一から魔法を構築することは出来ない」

「……へ？」

一から魔法を構築することは出来ない？

それは魔法理論と呼べるのか？

魔法の基本は《魔力操作》と言っても過言ではない。

それを前提とし、イメージや魔力波長などの様々な要因によって、魔法というものが出来上がる。

「リヴェル……君の知っている魔法の知識は古代魔法の特徴に酷似しているよ」

古代魔法は既に失われた魔法の技術だということしか俺は知らない。

だが、失われた魔法の技術を知るなんてことは《英知》にも無理なんじゃ……。

――いや《英知》なら可能か。

〇スキル《英知》
任意の情報を知識として手に入れることが出来る。しかし、秘匿されている情報は不可。

《英知》が手に入れることの出来る情報は、秘匿されていないものだ。

失われた情報は《英知》によって知ることが出来る……？

だが、そうだとすれば俺が抱いていた違和感も説明がつく。

以前、宿場町レアシルで出会った【魔法使い】の才能を持つケイトと話したときだ。

ケイトの実力や知識は俺が情報として知っていた魔法使いの普通とかなり差異があった。

その理由が俺の知っている情報が古代のものだったということなら、簡単に説明がつく。

「……なるほど。確かにそうかもしれない」

俺はしばらく考えてからクルトに返事をした。

「……そうだとすれば君は賢者をも超える最強の魔法使いになれるかもしれない。古代魔法というのはそれだけの力を持っている」

「それは嬉しいな」

なにせ俺が目指しているのは世界最強だ。

なれるかもしれないじゃない。

なるんだ。

世界最強に。

「リヴェル……僕を弟子にしてくれ！」

「で、弟子!?」

突然のことに驚いた俺は少し声が裏返った。

「現代魔法には限界がある。だからリヴェルの知識を教えて欲しいんだ！」

「ま、まぁいいけど……」

「本当か!?　ありがとうリヴェル！」

よく分からないまま俺に弟子が出来た。

＊＊＊

夕暮れ時になると俺たちは馬車を止めて、野営の準備を始めた。

……どうやらラルとクルトは本当に仲が悪いらしい。

心做《こころな》しか空気が悪い。

どうにかして二人の仲を良くしていきたいところだ。

……でもどうすれば仲良くなるんだ？

うーん、と俺は頭を悩ませた。

『キュウ、ラルとクルトの仲を良くするにはどうしたらいいと思う？』

悩んだ末に出た結論は話し合いだった。

話し相手は子竜のキュウ。

人間目線では考えつかない新鮮な意見を貰えるかもしれない。

『けんか！』

『……喧嘩をさせるのか？』

『キュウ、たたかってるところみたい！』

『……いや、良い考えかもしれないな』

そもそも二人が何で仲が悪いのか俺は知らない。

大切なのは会話だ。

美味《うま》い飯でも食べながら、お互いの思いを打ち明ける。

喧嘩にまで発展するのは防ぎたいところだが、もしかしたら誤解から生まれた不仲かもしれない。

うん、良い案だ。

愛くるしいキュウもいるわけだし、雰囲気が悪くなることはないだろう。

『やった！　けんか！』

『すまん。喧嘩はなしだ』

『えぇ!?　けんかぁ……』

残念そうにキュウは翼をガックリと落とした。

「食糧をとりに行ってくるよ。クルトはラルが魔物に襲われないようにここにいてくれる？」

「それなら僕が食糧をとりに行こう」

「私もそうしてくれると助かるわ」

やはり二人とも反対してきた。

「俺は《アイテムボックス》のスキルを持っているから食糧を集めるのに何かと便利だよ」

「あ、そういえばそうだったか……」

二人には話し合う時間を出来るだけ与えた方がいい。

これ以上仲が悪くなることはない……よね？

「リヴェルは《アイテムボックス》のスキルまで持っているのか！　流石だな。残念ながら僕よりもリヴェルが適任のようだ」

「残念ってなに？」

ラルは笑顔でクルトに聞くが、俺には笑っていないように見えた。

「そのままの意味だよ」
「そう。確かに私も残念だわ」
……本当にこれ以上仲が悪くならないのか？
『キュウもいくっ！』
『キュウはお留守番していてくれ』
『えぇっ!?　さんぽぉ……』
『あの二人を仲良くさせるように頑張ってくれないかな？』
『あい』
キュウはめちゃくちゃ良い子だった。
『ごめんな。任せたよ』
さて、二人を笑顔にさせるようなとびきりの料理を作ってやらないとな。
美味い飯には美味い食材が必要だ。
ちょうどこの付近から生息する魔物の種類も変わる。
あの魔法を試す絶好の機会だろう。

＊＊＊

野営地から少し離れたところにある森林にやってきた。

目当ての獲物は豚の魔物、ワイルドボアだ。

しかし相手の方からわざわざやってくるなんてことはないだろう。

そこで使うのが探知魔法だ。

探知魔法を使えば、周囲の状況が分かる。

魔力の濃度を薄くし、周囲に放出することが肝となる。

《鬼人化》を取得する際にやったことの応用だ。

放出する魔力が多ければ多いほど、広範囲の状況が分かる。

だが、なんでも分かるというわけではない。

魔力に反応するのは同じ魔力であり、この探知魔法は魔物が持つ魔力を探知しているに過ぎない。

魔力の濃度を薄くし、放出していく。

……俺が探知出来る範囲は周囲１５０ｍといったところか。

残念ながらこの範囲内に魔物はいない。

探知魔法を使いながら、森を駆けるとすぐにワイルドボアを発見した。

よし、さっさと仕留めて戻ろう。

茂みに隠れて、気配を消す。

そしてギリギリのところまで近づいたところで、茂みから飛び出してワイルドボアを一撃で仕留めた。

仕留めたワイルドボアはその場で解体し、食用の肉と換金出来る爪や皮などの素材を取り分け、それを《アイテムボックス》に入れた。

「本当に《アイテムボックス》は便利すぎるな」

冒険者をやるうえでこれほど便利なものはない。

商人のラルもかなり羨ましがっていたな。

「早く戻らないと」

クルトとラルの様子が気になる。

キュウがなんとかしてくれているといいが……。

＊＊＊

野営地に戻ると、俺が思っていた以上に空気が良かった。

「キュウゥ～」

「キュウは可愛いね～」

ラルがキュウと触れ合って遊んでいた。

クルトは少し離れた位置で周囲を警戒しているようだった。

「ただいま。食材を取ってきたよ」

『あるじ～！』

俺が戻ってくると、キュウは俺の頭の上に飛んできた。

そして着地し、丸くなる。

『キュウ、どうだった？』

『ラルがあもんどくれた！』

『良かったな』

『うん』

この様子だとキュウは場の雰囲気を良くするのにかなり貢献してくれたのかもしれない。

「おかえり。随分と早かったんだね」

クルトが言った。

「まあ探知魔法を使って、すぐに獲物を発見したからな。結構早く終わったかも」

「探知魔法……流石僕が弟子になっただけはあるね。【賢者】の才能を貰った僕よりも明らかに使える魔法の種類が多そうだ」

「流石にそれはないいんじゃないか？　今の段階で【賢者】の才能を貰ったクルトよりも優れてることはないよ」

それだけ才能の壁は大きい。【賢者】クラスになると、訓練せずとも相当な実力を持っているはずだ。

加えて成長速度も化物級。

もちろんアンナも。

……元気でやっているだろうか。

「僕とリヴェル、どちらが強いかは気になるところだね。今度手合わせ願いたいな」

「そうだな。フレイパーラに着いたら手合わせしてみるか」

……アンナのことを考えている場合じゃないか。

今はラルとクルトの仲を良くさせるために動くのが先決だ。

＊＊＊

ワイルドボアの肉は肉質がしっかりとしており、良い味が出る。

帰る道中に見つけたキノコや根菜も良い食材となる。

《英知》のおかげで、これらのキノコや根菜が食べられるものであるかどうかは確認済みだ。

ラルに塩を売って手に入った金貨で色々と食材を買っておいて良かった。

バターとミルクを使って、ワイルドボアのクリームシチューを作る。

魔法で鍋に圧力をかけることでワイルドボアの旨味《うまみ》を最大限に活かしたクリームシチューの完成だ。

「ん〜っ！　やっぱりリヴェルは料理が上手ね！　店を開けば大繁盛間違いなしよ！」

ラルはスプーンでシチューをすくい、口に流しこんでいく。

「……おお！　リヴェルは料理まで上手なのか！　専属のシェフ並の美味さだ！　これは料理の才能を貰ったと言われても信じてしまうレベルだね……」

「それは言いすぎじゃないか？」

「そんなことないさ」

「本当に美味しいよ！」

クルトとラル、二人とも笑顔を見せている。

今なら何とか二人の仲が悪くなった原因を聞き出せるかもしれない。

適当に会話を弾ませてから俺は本題を切り出した。

「単刀直入に聞くけど、二人は何で仲が悪いんだ？」

「んー、家の事情かな」

ラルは言った。

家の事情か……。

クルトは領主の家の息子。

ラルも見るからに大きな商会を持つ親の娘だ。

何か言いにくいことがあるのかもしれない。

「そうだね。それも大きいけど、僕は単純にラルが苦手だよ」

「こっちのセリフよ」

「なるほど」

俺はそう言って、一人でウンウンと頷いた。

この二人の仲が良くなるには時間が必要みたいだ。

『この二人おもしろい！』
キュウは仲の悪い二人を見るのが好きなのかもしれない。
『なんで面白いんだ？』
一応確認の意味も込めて聞いてみた。
『よくわからないけどおもしろい！』
キュウは幼いので何にでも興味を持つのかも。
まぁ嫌がってないようで何よりだ。

第四話　冒険者ギルド

そして6日後、迷宮都市フレイパーラに到着した。

関所を抜けて、街に入ると冒険者の多さに驚いた。

冒険者ギルドの勧誘をしている人たちも多く「冒険者の街」と言われるだけはあると納得した。

フレイパーラにもラルの商会の支部があるそうで、そこに馬車を止めた。

「これから俺とクルトは冒険者ギルドに登録しに行こうと思うんだが、ラルはどうする？」

「私もついていこうかしら」

「やめておけ。商人のお前が冒険者になんてなれるわけないだろう」

クルトが言うことはもっともだった。

商人は戦闘職とは違って強くはないので旅の際には護衛を雇うぐらいだ。

「冒険者になる気なんてないわ。良い冒険者ギルドを探すぐらい協力するわ」

「それは助かる。ありがとなラル」

「ま、リヴェルにはお世話になっているし。これぐらいはね」

「それなら僕が言うことは何もないよ」

フレイパーラまでの道のりで、クルトとラルはちょっとした言い合いはあっても喧嘩をすることはなかった。

最初の頃は言い合いから喧嘩に発展するのではないかと心配していたが、実際にはそんなことはなく、仲は良くないもののそこまで悪いというわけではないのだろうと思った。

「あ、あの！　もしかして冒険者ギルドをお探しですか？」

そんなことを考えていると、道端で誰かに声をかけられた。

声の主の方を向くと、頭からウサギの耳が生えた獣人の女の子がいた。

「よ、良ければウチのギルドに入りませんか!?」

どうやら冒険者ギルドに勧誘されているようだ。

＊＊＊

ちょうど良いタイミングでギルドへの勧誘が来てくれた。

俺たちよりも小柄で、おどおどとしたウサミミの少女は深いお辞儀をしている。

せっかくだし、行ってみようかなと思ったとき、

「あ、大丈夫です」

「えぇ!?　ど、どうしてですか!?　い、今冒険者ギルドを探してるって……」

ラルが間に入り、にべもなく断った。

ショックを受けるウサミミ少女。

まさか即答で断られるとは思っていなかったのだろう。

今にも泣き出しそうな顔をしている。

「ギルドなら私たちで探しますので他をあたってください」

「そ、そんなぁ……」

ウサミミの少女は目に涙を溜めながら肩を落とす。

「なんで断ったんだ？」

流石にかわいそうに思ったので、ラルに耳打ちしてワケを聞いてみる。

「並以上のギルドはメンバーを充実させようとスカウトが得意な才能を持つ者を雇っているわ。でも見たところあの子にはそれがない。つまりあの子が所属しているギルドは、資金がない弱小ギルドだってすぐに分かるわ。話を聞くだけ無駄よ」

「な、なるほど……」

流石は商人。

よく観察していた。

ラルの言うことは概《おおむ》ね当たっているだろう。

話を聞いて俺は凄く納得した。

「それに関してはかわいそうだけど僕も同感だね」

クルトまでも賛同した。

「……ぐすっ、生活がもうヤバいんです……どうか、一度お話だけでも聞いて頂けませんかぁ……」

泣いた。

生活がヤバいってどんだけ貧乏なんだ……。

流石にかわいそうだと思ってしまう。

今のところ、ここのギルドに入ろうとは思わないが話だけでも聞いてみることにするか。

「……かわいそうだし、話だけでも聞いてあげればいいんじゃないか？」

俺はラルとクルトの方を向いて言った。

「まぁリヴェルがそう言うなら全然良いよ」

「それで後腐れなく断れるならそれが一番だね」

二人は特に反対することなく受け入れてくれた。

断る前提なのはさておき。

「あ、ありがとうございます！　ギルドまで案内いたします！」

涙を拭いて、ウサミミの少女は一変して笑顔になった。

分かりやすく喜んでいる。

そして案内されたギルドの外観は予想以上に大きい……というよりも道中で見かけたギルドよりも大きく立派なものだった。

「え、これ？」

俺はウサミミの少女に聞いた。

「はい！　これです！」

誇らしげに少女は胸を張りながら言った。

「……まさかすぎるわね」

ラルは顔を引きつらせながら言った。

先ほど言っていた自分の見解とは大きく離れた結果を目の当たりにしたからだろう。

「皆さん、中にお入りください！」

ウサミミの少女が扉を開けたので、言われた通りに俺たちは中に入った。

「こ、これは……！」

中に入ると、もぬけの殻だった。

ひ、人が誰もいない……。

「冒険者ギルド『テンペスト』へようこそ！」

ウサミミの少女は先ほどより二段階ぐらい明るくなった声を出した。

その元気な声とは裏腹にギルドの空気は冷たい。

「……ラルの読みは当たっていたようだな」

俺は呟いた。

「……そうね」

ギルドの中を見回すと、設備は悪くないようだった。

少し年季が入った物が多いけど、特に汚い様子でもなく、普段から手入れをされていることが分かる。

「これで心置きなく断れるね」

クルトがそう言うと、ウサミミの少女はまた目に涙を浮かべた。

「そ、そんなぁ……。お願いです！　どうかこのギルドに入ってください！　もう資金が底を突いて生活もままならないんです！」

土下座して懇願されても……。

そのとき、ギルドの奥の扉が開いた。

「どうしたぁ？　また嫌がらせかぁ？」

出てきたのは顔を赤くして左手に酒を持ったおっさんだった。

見るからに酔っ払っている。

右腕をなくしているようで服の袖がぷらーんと垂れていた。

「お、お父さん……！」

「あぁ、フィーア。またお前勧誘してたのか。やめとけやめとけ、根性のねぇ奴らを入れても無駄だ」

おっさんは左手に持った酒をグビグビと飲み出した。

「もぉ～～お父さん！　そんな態度とってるからいつまでも経っても誰も入ってくれないんでしょ！」

ウサミミの少女の名前はフィーアと言うらしい。

で、あのおっさんはフィーアのお父さんというわけか。

頭にウサミミが生えてないのにお父さんなんだな。

「そんなことねぇ。今年は新しいメンバーが一人増えた」

「それって12歳になった私じゃん！」

「おう。お前がうちのエースだ」

「私だけじゃどうしようもないよ！」

フィーアはお父さんに対して怒りを爆発させていた。

「そういうわけでお前らは他所《よそ》のギルドに行って――ん？」

おっさんは喋るのをやめ、まじまじと俺の方を見つめながらこちらに向かってきた。

「……お前、剣聖アデンの息子か？」

おっさんの口から出てきたのは驚きの言葉だった。

「そうですけど、なんで分かったんですか？」

「お前が腰に携えている剣、そいつはアデンが冒険者の頃に使っていたもんだ」

確かにこれは父さんから貰った剣だ。

なるほど、それで俺が父さんの息子だと分かったのか……。

「え、リヴェルのお父さんって剣聖だったの!?」

「剣聖の父親を持ちながら魔法にも興味を持つとはね。流石、僕の師匠なだけはある」

ラルとクルトは驚いているようだった。

「ハッハッハ、まさかあのアデンに息子がいるとはなぁ！」

おっさんは豪快に笑い出した。

「あの、父さんを知っているんですか？」

「おう、もちろんよ。なにせ俺はアデンと一緒に冒険者をしていたんだぜ？」

おっさんの口から出てきたのは驚きの事実だった。

＊＊＊

「一緒に冒険者を……？」

「ああ、俺の名前はロイド。重剣鬼のロイドだ。アデンの奴から名前ぐらいは聞いたことあるんじゃねーか？」

「……すみません、ないです」

思い返せば、父さんはあまり昔話をすることがなかった。

そして、言った後に《英知》で調べてみれば良かったな、と思った。

「アデンめ、息子に俺の話を何一つしていないとはな。アデンらしいと言えばアデンらしいが」

「父さんと仲が良いんですね」

「ああ。もう15年以上も前になるな。アデンはすげえ奴だった。才能なんかあてにならないと思ったのも奴のおかげだな」

ロイドさんの考えは父さんが昔から言っていることだった。

それだけに俺は自分の父を誇らしく思った。

「えっ!?　じゃあ、その人のせいでギルドはこんな悲惨なことになってるの!?」

フィーアが言った。

「悲惨とはなんだ」

「特訓が厳しすぎるせいでギルドメンバーが増えないし、お父さんはいつもお酒飲んでるし、お金もないし！　これが悲惨じゃないわけないでしょ！」

フィーアの怒鳴っている姿を見て、もの凄く鬱憤《うっぷん》が溜まっていることが伝わってきた。

「確かに悲惨だね」

クルトが言った。

「大丈夫だ。ここにアデンの息子がいるだろ？　ウチのギルドに入ってくれるさ」

「さっきは他所のギルドに行けって言っていたと思うのですが」

ラルはそう言って、不審な目でロイドさんを見ている。

「アデンの息子となりゃ話は別さ。俺は大歓迎だし、鍛えてやりたいとも思うぜ」

「鍛える？」

そういえば、さっきフィーアは特訓が厳しすぎると言っていたな。

だとすれば強くなるために、ここは役立つかもしれない。

これは少し考える余地はありそうだ。

「ああ。実力をつけるのに必要なのは才能なんかじゃねえ。自分を信じて努力することだ。俺はアデンにそう教わったのさ」

「……父さんらしいな」

「ハッハッハ、懐かしいぜ」

愉快そうな、そして豪快な笑い声がギルド内に響いた。

「じゃあウチのギルドに入ってくれるな？」

「ちょっと他のギルドも見て決めたいと思います」

それとこれとは話が別だ。

色々な選択肢を考慮した方がいいだろう。

「えぇ!?　今の流れ、入ってくれる感じじゃなかったんですか!?　お、お願いします！　他のギルドを見る前にウチに入ってください！」

俺の返事にフィーアが食いついた。

他のギルドを見る前って……。

「それでいい。だが俺のギルドに来れば強くしてやる。他所を見て、そこがいいと思うならそれで構わない」

「お父さん……！　なんでそんなこと言うの！　私がどういう思いで毎日ギルドの掃除をして、冒険者をスカウトしようと頑張ってるか……！」

なんというかもの凄く同情してしまう。

これだけ必死なのも頷ける。

……だが、フィーアの発言を聞いて、ギルドに入りたいと思う人がいるのだろうか。

入ったギルドは今後にかなり影響してくるだろうし、同情でギルドは決めるべきじゃない。

悪いな、フィーア。

＊＊＊

俺たちは『テンペスト』を後にして他の冒険者ギルドを探すことにした。

「良かったの？　あそこのギルドマスター、お父さんの知り合いなんでしょ？」

「あそこにしようと思う気持ちはあるんだが、一応他も見ておきたくてな」

「リヴェル、さては厳しい特訓が目当てだね？」

クルトが言った。

「まぁそれが一番の理由だな。ロイドさんの才能は関係ないという考え方は父さんがよく言っていたことだ。だから信頼出来る……と思う」

フィーアの泣いている姿が頭をよぎって、言葉を濁した。

「……自信なさげね。まぁ正直私は悪くないと思うわ。ギルド自体も大きいし、設備も充実している。きっとロイドさんがあのギルドを受け継いだのでしょうね。でも、才能は関係ないという考えのせいで新人冒険者たちに厳しい特訓を課すうちにメンバーがいなくなってしまった。こんなところかしら」

「あー、そうだろうな」

容易に想像が出来てしまう。

「昔は強豪で今は弱小。周りの評判は良くないでしょうね」

「そんなの関係ないよ。僕たちがギルドに入れば印象は大きく変わるはずさ」

クルトは自信がありそうだった。

「どうしてそう言えるんだ？」

「僕とリヴェルがいれば戦力としては申し分ないレベルだからね。経営面においても、癪《しゃく》に障るがラルに任せておけばまず間違いないよ」

「本当に失礼な奴ね。それでも領主の息子かしら？　でも言っていることはその通りかもしれないわね」

「ほんとかよ……」

俺はにわかに信じられなかった。

「冒険者志望の方たちですかー？」

「はい、そうですよ」

街を歩いていると、女の人に声をかけられたので返事をする。

「それなら是非、冒険者ギルド『レッドウルフ』に入りませんか？　今最も勢いのあるギルドで、新人冒険者の中には【最上位剣士】の才能を持つ方がいるんですよ！」

【最上位剣士】か。

かなりの才能だが、英傑学園に入学しなかったのは何故だろうか。

「見に行ってみてもいいんじゃない？」

ラルが言った。

「そうだな」

「でしたら、ギルドまでご案内いたしますね！」

＊＊＊

案内されてやってきた冒険者ギルド『レッドウルフ』の中は先ほどとは比べ物にならないぐらい賑わっていた。

ガヤガヤとしたギルド内には酒を飲んでいる者が多く見られる。

「当ギルドの説明はあちらの受付にて行っております」

とのことなので、受付に向かう。

受付嬢が話してくれた内容は次の通りだ。

冒険者にはランクが存在し、初めはFランクから始まり、実力に応じてE、D、C、B、A、Sと上がっていく。

ランクの人数はDランク、Cランクが山となるように分布されている。

冒険者に登録する者が多くなるこの時期では、Fランク、Eランクが多いみたいだが、みんな順当にランクを上げて行くらしい。

ランクは、ギルドの掲示板にある依頼をこなしたり、魔物を倒したりすることで得た実績を元に昇格していく。

『レッドウルフ』にはSランク冒険者が1名、Aランク冒険者が3名いて実力の高いギルドだそうだ。

また新人冒険者として【最上位剣士】が加入したことも一つのポイントとなっているようだ。

――一通り話を聞いた俺たちはギルド内の椅子に座っていた。

「……こっちの方が良さげじゃない？」

ラルが言った。

「うん。なんかこっちの方がしっかりとしているね……」

俺も『テンペスト』には入らない方がいいような気がしてきた。

冒険者が逃げ出すような特訓が気になるけど。

「まぁ普通に考えれば、みんな『レッドウルフ』を選ぶんじゃないかな」

クルトは苦笑いしながら言った。

「だよなぁ……」

「お前らはこのギルドの加入希望者か？」

俺たちのところにやってきたのは一人の男だった。

狼のような耳を生やしており、荒々しい雰囲気を感じさせる。

歳は俺たちと変わらないぐらいか？

「今、加入を考えてるところですね」

俺は無難に返事をした。

「へぇ～。で、お前らの才能は？」

「僕は【賢者】だね」

「ほぉほぉ【賢者】か。貴族のボンボンか？　気色わりい」

「いきなり失礼な奴だね」

「そっちのお前は？」

男はクルトを無視して俺に問いかける。

才能を聞かれるのは何気に困る。

もしギルドに加入することになったら、才能に嘘はつけないだろう。

正直に言っておくか。

「俺の才能は【努力】です」

「は？　努力？　……クックック、アッハッハッハ！　なんだそれ、才能でもなんでもねえじゃねーか。要するにお前はただの雑魚ってわけか」

この反応にも慣れてきたな。

こういう輩《やから》はカルロで対応に慣れている。

無視が一番だ。

「才能でしか実力を測れないとはね。悲しい奴だ」

クルトが反撃した。

無視が一番とか言っておいてなんだが、少し嬉しい。

「ッケ、笑わせてくれるぜ。努力なんてのは雑魚がやっても意味ねえんだわ。才能があるからこそ努力する価値があるのさ」

「随分と自信満々だね。それほど自分の才能に自信があるのかい？」

「そりゃそうだろうよ。なにせ俺の才能は【最上位剣士】なんだからな」

こいつが注目の新人冒険者だったわけか。

「……なるほど、お前がこのギルドの期待の新人ってわけか。そんな立場にあるお前がギルドへの加入を考えている人たちにそんな態度を取って大丈夫なのか？」

俺は少し口調を崩して話すことにした。

丁寧に喋り、下手に出ても相手はつけあがるだけだ。

意味がない。

「大丈夫に決まってんだろ？　お前みたいな雑魚が10人、いや100人いようと俺一人に敵わねえんだからな」

「本当にそう思うか？」

「……あ？」

「確かにお前の方が才能は上かもしれない。だが、それだけで実力が決まると本当に思っているのか？」

「雑魚と天才が努力すれば、天才の方が強くなるに決まってんだろうが」

「雑魚が天才をも凌駕《りょうが》するだけの努力をすれば、天才を超えられるかもしれないだろ？」

「ハッハッハ、言うねぇ！　じゃあ試してみるか？　俺とお前、どっちが強いかをよォ！」

気付けば周りにはギャラリーが出来ていた。

ここのギルドの冒険者たちだ。

顔を赤くした酔っぱらいばかりである。

「おー！　やれやれ！」

「アギト！　そいつぶっ殺せ！」

見物者たちは大きな声を出している。

アギトとはあいつの名前か。

「野蛮なギルドね」

ラルが呆れながら言った。

俺もそう思うし、このギルドに入る気はなくなった。

「どっちが強いか試したいならかかってこいよ」

「この俺を前にして怖《お》じ気《け》付かない、か。その度胸だけは認めてやるぜ。だが、みっちりと痛めつけてやるけどなァ！」

　そう言って、獣人の男は俺に殴りかかってきた。

　お前、剣士なのに素手で来んのかよ！

「ストー――――――ップ！」

　ギルド中に女の子の高くて大きな声が響き渡った。

　その人物は立ち止まっているアギトに近づいてきて、肩を引っ張った。

　この子もアギトと同じく獣人のようだった。

　猫のような耳が生えている。

「なにまた喧嘩しようとしているのよ！」

「あ？　お前には関係ねーだろうが」

「あるに決まってんでしょ！　あんたの素行の悪さはギルドも問題視してるんだから！」

「なんだよ。周りの奴らもノリノリだったじゃねーか」

「ったくもぉ！　皆さんもアギトが調子に乗ってたら止めてくださいよ！」

　今度はアギトじゃなくて周りに対して怒り出した。

「お、俺たちは別に……な？」

「……ちゃ、ちゃんと止めようとしたんだぜ？」

　嘘をつくな。

　お前らめちゃくちゃ煽《あお》ってただろうに。

「……ハァ、もう！　すみません。ウチのアギトがご迷惑をおかけしました」

綺麗なお辞儀をした。

「ったく、とんだ邪魔が入ったな」

「アギト！　お前はちゃんと反省しろ！」

その言葉に見向きもしないで、アギトは言葉を続ける。

「お前ら、これから冒険者になるんだろ？　だったらフレイパーラ新人大会に参加しろよ」

フレイパーラ新人大会？　そんなものがあったのか。

よし、《英知》で調べてみるか。

○フレイパーラ新人大会
迷宮都市フレイパーラで1年に一度開催される新人冒険者限定の大会。

トーナメント形式になっており、多くの新人冒険者が腕試しに参加する。


この大会の成績次第でギルドの評判は上下しそうだ。

……なるほどな。

「分かったよ」

よし、成功だ。

『あもんど！』

キュウは頭から腕に飛び降りて、アーモンドを食べる。

「キュウン！」

『おいしい！』

よかった、ちゃんとアーモンドなんだな。

「キュウちゃん、美味しそうに食べましたね。もっといっぱい作ってあげましょう」

「そうだな、待ってろよキュウ」

……そういえばまだ今日は魔力枯渇状態に7回しかなってなかったな。

目標の10回まで残り3回は全部アーモンドに注ぎ込もう。

魔力枯渇状態に苦しみながらも俺はアーモンドを作成すると『テンペスト』にアーモンドの山が出来た。

「キュウウゥ～～～～～！」

アーモンドの山に飛び込むキュウは幸せそうだった。

＊＊＊

目を覚ますと、顔の上にキュウのケツが乗っていた。

キュウは心地良さそうに眠っている。

「あー…………夢か」

段々と意識が鮮明になっていく過程で俺は真実に辿り着いた。

アーモンド魔法を覚えたのは、夢の中で実際に起きた出来事ではないのだと。

試しにアーモンドを出せるかなー、と拳を握って魔力を操ってみる。

そして拳を開けると……。

「……夢だけど夢じゃなかった」

アーモンドが一つ、手の平の上にあったのだった。

「まぁそうですね……では、ここはありがたくクルトさんにお任せします」

ペコリ、と頭を下げるフィーア。

『あるじ、あもんど作れる魔法ってないの？』

『アーモンドが作れる魔法って……。流石に無いだろ』

無いと思いながらも、ダメ元で《英知》で調べてみる。

○アーモンド作成
以下のように魔力を操ることでアーモンドを作成することが出来る。（以下省略）

『キュウ……、あったわ』

『やったー！』

「クルト！　ちょっと待ってくれ！」

俺はアーモンドを買いに行こうとするクルトを引き止めた。

「どうしたんだい？」

「今、アーモンドを魔法で作る方法を思いついたんだ！」

「……リヴェルさん、言っている意味が私にはよく分からないです」

「それは興味深いね。是非見せてもらいたいな」

「原理としては簡単なんだ。俺が今までクルトに教えてきた古代魔法の応用。水を出すように、火を出すように、それをアーモンドに変えただけにすぎない」

「ふむふむ……」

「とにかくまずはアーモンドを作成してみようと思う」

グッと拳を握り、《英知》で調べた通りに魔力を操ってアーモンドを作成する。

拳を開くと、そこにはアーモンドが１つ。

「おお……！　これはすごい！」

「ア、アーモンドですね……」

キュウとアーモンド魔法

俺が『テンペスト』の闘技場で特訓を終えると、キュウはいつもパタパタと翼を動かしながら、こちらに飛んでくる。

『あるじ、おつかれ！』

『ありがとな、キュウ』

念話で短い会話を済ませると、キュウは俺の頭の上に乗った。

『あもんど食べたい』

キュウが念話でそう言うと、

「キュウゥ〜〜」

高くて弱々しい声を出した。

キュウの好物はアーモンドだ。

そしてキュウはよく俺に欲求を念話で伝えてくる。

まぁほとんどが「ねむたい」と「おなかすいた」なので、睡眠欲と食欲に占められているのだが。

「キュウちゃん……！　今の声……可愛いですね」

一緒に特訓を終えたフィーアがだらしない笑みを浮かべる。

フィーアはキュウのことがとても好きなのだ。

特訓で疲れたところにキュウで癒されている場面をよく見かける。

「キュウはお腹が空いているみたいだな」

「この声はお腹が空いたときの声なんですね。……あっ、そういえば今アーモンド切らしているんでした……」

『あ、あもんどぉ……』

キュウが念話で嘆いてきた。

「それなら僕が買ってこようか？」

同じく一緒に特訓を終えたクルトが言った。

「え、いや、でも悪いですよ」

「気にすることないさ。フィーアは特訓で疲れているだろう？」

世界最強の努力家
才能が【努力】だったので効率良く規格外の努力をしてみる
蒼乃白兎
Illustration 紅林のえ
The world's strongest hard worker
1
初回版限定
封入
購入者特典
特別書き下ろし。
キュウとアーモンド魔法
※『世界最強の努力家　才能が【努力】だったので効率良く規格外の努力をしてみる ①』をお読みになったあとにご覧ください。
EARTH STAR NOVEL

「じゃあ僕も参加しようかな。リヴェルと手合わせ出来るいい機会だ」

「雑魚と天才が参加してくれるとはありがたいねぇ。雑魚の方は戦う機会もなく負けていきそうだが、天才とは戦えることを期待してるぜ？」

「そうなんだ。僕はあまり興味ないんだけどね」

「ハッハッハ、言ってくれるじゃねーか。楽しみにしてるぜ」

＊＊＊

なんだか妙な流れでアギトと敵対関係になってしまったが、その後は平和にフレイパーラのギルドを色々と見て回った。

良さそうなところは沢山あった。

だが、結局俺が決めたギルドは――『テンペスト』だった。

もちろん、同情で決めたわけではなく、ちゃんとした理由がある。

「結局戻ってきちゃったわけね」

「……だな」

最初来たときは気付かなかったが、ギルドの扉の上にはうっすらと『テンペスト』と書かれた看板が貼り付けられていた。

やはり年季が入った建物だ。

ギルドの扉を開けると、相変わらずの様子でフィーアが一人寂しくギルド内を掃除していた。

「――えっ!? も、戻ってきてくれたんですか!?」

俺たちの存在に気付いたフィーアは、ぱあっと表情が明るくなった。

「まぁそういう反応になるよね」

クルトが控えめな笑い声を漏らした。

「はい。色々なギルドを見て決めました」

「わあああ！ 嬉しいです！ でもどうしてウチに……？」

「ロイドさんの方針が決め手でした。才能に左右されずに強さを追い求める姿勢に凄く惹かれました」

「じゃ、じゃあ絶対に逃げ出さないでくださいね……？」

「はい、もちろんです」

「お？ 戻ってきたか！」

ロイドさんが奥から現れた。

俺たちの姿を見ると嬉しそうにグビグビと酒を飲み出した。

この姿を見ると本当にここで良かったのかと少し不安になる。

……だが、こういったギルドの方が立ち回りやすい。

新人大会で好成績をおさめれば情報も入手しやすくなる。

「はい。これからよろしくお願いします」

「おう。ガッツリ鍛えてやるぜ」

こうして俺たちはギルド『テンペスト』に加入したのだった。

厳しい特訓……か。

望むところだ。

＊＊＊

ギルド『テンペスト』に加入したその日。

親睦を深めるために酒場でフィーアを交えて食事をしていた。

「あの、さっきからずっと気になっていたんですけど……リヴェルさんの頭の上に乗っているのってなんですか？」

「ああ。これはキュウと言ってな。ドラゴンの赤ちゃんだ」

今日１日、俺の頭の上で眠っていたキュウ。

よく眠るが今日はいつも以上に眠っている時間が長かったな。

「……キュウ？」

俺がキュウの名前を呼ぶと、目を覚まし、顔をあげた。

「わぁ〜、可愛いです！」

フィーアはウサミミをぴょこぴょこと動かしながら、キュウを純粋な笑顔で見つめていた。

「抱っこしてみる？」

「い、いいんですか!?」

「うん。キュウは人懐っこいから」

俺は眠そうにしているキュウをかかえて、フィーアに渡した。

フィーアはそれを膝の上に置き、抱きかかえる。

「ふぅ〜、可愛いです〜」

ご満悦のようだ。

『この人いいひと！』

『お前可愛いって褒められてるから良い人とか言ってないか？』

『……ちがうよ。キュウ、分かる……』

疑わしいところだ。

「そういえば、フィーアも冒険者なんだよね。どういう才能なの？」

ラルが言った。

ちなみにラルは『テンペスト』に加入はしていない。

しかし才能が【商人】だと分かるとフィーアの希望で『テンペスト』の財務管理を任されることになった。

まぁ予定通りと言えば予定通りなのだが。

「わ、私は……【魔銃士】です」

「あまり聞いたことない才能だな」

「あんたが言うな」

ラルにツッコまれてしまった。

「魔銃士は魔力で弾丸を作製して戦うのですが、その……貧乏で肝心の銃が買えないんですよね……」

「あー……」

1日しか見ていないが、フィーアは冒険者として依頼をこなしている様子がなかった。

スカウトや掃除など、冒険者というよりギルド職員のような仕事をしていた。

その理由が、貧乏で武器が買えないということだったとは……。

「あのお父さん、娘になんて思いをさせているのかしら」

「アハハ……でも実は良いお父さんなんですよ」

「……そ、そうね。確かにそんな気がするわ」

ラルは苦笑いしていた。

本当にそうか？　と、思っていそうだ。

だが、俺もフィーアの言う通りロイドさんは良い人だと思う。

だらしないところはあるが、根は優しい人だと伝わってくる。

強引に俺たちを引き止めるのではなく、ギルドを選ばせてくれたわけだし。

厳しい特訓というのも冒険者たちのためを思って実施していたのかもしれない。

……いや、これは良いように考えすぎか。

もしかすると、ただのダメなおっさんかもしれない。

「リヴェルに聞いておきたいことがあるんだけど、いいかな?」

クルトが言った。

「なんだ?」

「素朴な疑問だよ。どうしてあんなに努力出来るのかなって。何か努力しなくちゃいけない理由とかあるの?」

「あー、私も気になる。クルトのくせに良い質問をしたわね」

「くせには余計だよ」

「努力の理由か……少し言うのは恥ずかしいな」

「えーいいじゃん!　言おうよ!」

「リヴェルのことをもっと知りたいんだ。教えてくれると嬉しいね」

……これは言わざるを得ないか。

「……幼馴染に【竜騎士】の才能を貰った子がいるんだ。優しいし、正義感が強くて、騎士に向いている子だ。でもあいつは争い事を好まないだろうし、のんびりと普通の暮らしをして欲しいんだ」

話している最中にアンナの笑顔が脳裏に浮かぶ。

……少し感情的になってしまっているな。

一呼吸置いて話を続ける。

「大層な才能を貰って英傑学園に行って、あいつは卒業後も国のために戦い続けるだろう。……でも俺がぶっちぎりに強くて、それこそ世界最強になれれば、もしかするとアンナが戦わなくても良くなるかもしれない。そのために俺は努力しているんだ」

言い終わって少し熱くなってしまったなと後悔する。

「……へぇ、幼馴染の名前はアンナって言うんだ〜」

「げっ……名前言ってたか？」

「うん。バッチリと」

「マジか……」

俺は更に後悔する。

「でも素敵な理由じゃない。好きな子のために頑張るのって」

「そうですね！　私、少し感動しちゃいました！」

フィーアを見ると、目に涙を浮かべていた。

それをフィーアは指で拭った。

「それがリヴェルの原動力だったか……。良いことを知れたよ。話してくれてありがとう」

「いやまぁ、これぐらいはな」

「それならリヴェルは英傑学園の高等部への入学を目指しているのかな？」

「その通りだよ」

「じゃあリヴェルとは長い付き合いになりそうだね」

「そうだな。お互い入学出来るといいな」

「出来るよ。そこは自信持った方がいい」

「そうか？」

優秀な奴が大量に集まるというのに、クルトは余裕だなぁ。

流石【賢者】なだけはある。

「リヴェルさんの才能は【努力】って聞きましたけど、一体どんな努力をしてるんですか？　さっきの話聞くとどうしても気になっちゃって……」

フィーアやロイドさんには俺の才能が【努力】であることは伝えてある。

ロイドさんはそれを聞いて「アデンの息子らしい才能だな！　ガッハッハ！」と笑っていた。

どうやらこの才能はみんなの笑いのツボらしい。

「……引いたりしないでくださいね」

俺はピート、ケイト、ダンに努力の内容を話し、引かれた経験から話す前に予《あらかじ》め忠告するようにしている。

「えっ」

「僕は引かなかったよ。それどころか尊敬の念を抱いたね」

「私は最初見たとき心配になったわ。リヴェルの努力はおかしいのよ」

「えぇ……ど、どんな努力しているんですか？」

「毎日しているのは、魔力枯渇状態を利用して魔力の上限を増やすことかな」

「魔力枯渇状態!?　く、苦しくないんですか……？」

「苦しいよ。毎日10回ぐらい経験してるけど、慣れる気配はないね」

「じゅ、じゅっかい!?」

あ、これ。

前と同じ反応だ。

やっぱり10回ともなると、かなりの量なんだな。

フィーアの反応を見て、俺の感覚が少し麻痺しているのだと気付いた。

引かれるのも嫌だし、今度からは少し控えめに5回って言うことにしよう……。

そして楽しい雰囲気のまま食事を終えた。

……さて、フィーアは武器がなくて困っている様子だ。

片手間で勉強していたアレを実践するときがきたようだな。

＊＊＊

『テンペスト』のメインホールの奥には闘技場が存在する。

ギルドに闘技場があるところは珍しい。

余程大きなギルドでない限り設けていないだろう。

それだけ『テンペスト』は栄えていたということが推測出来る。

ここまで悲惨な状態になるとは先代のギルドマスターも思わなかったのではないだろうか……。

さて、今俺はその闘技場にいる。

理由は多少危険な事態になっても、戦うことを想定して丈夫に作られた闘技場なら何とかなるだろうといった考えからだ。

「これからフィーアの武器となる銃を製作しようと思う」

俺がそう言うと、みんなは「コイツ何を言っているんだ？」という目でこちらを見ている。

『あるじ！　かっこいい！』

『これかっこいい場面か？』

『わがみちをいくかんじがイイ！』

『そりゃどーも』

褒められているのか微妙なところだ。

「……また始まったわ」

ラルがため息を漏らした。

塩を作ったときのことを思い出しているのだろうか。

色々と心配をかけたことは間違いないと思うので、今回は安全にやろうと思う。

……出来るかな？　前向きに検討していこう。

「えーと、私のために銃を作ってくれるのはありがたいのですが……流石に銃を作るのは無理じゃないですか？」

フィーアの言うことはごもっともだ。

俺は【魔銃士】が使う銃の価値を調べてみたところ、金貨５００枚もするようだ。

価値が高いということは、それだけ製造が難しい……かと思ったが、構造については《英知》で調べることが出来た。

製造法は秘匿されていたが、構造が分かれば出来るはず。

何故なら俺がこれから使用するのは錬金術だからだ。

錬金術と魔法は関連する考え方が多い。

そのため魔法を学ぶついでに錬金術も学んでいた。

「きっとリヴェルには考えがあるんじゃないかな？　でなきゃ銃を作るとか言い出さないだろうし」

「そんなところだな。フィーアはどんな銃が欲しいとかある？」

「どんな銃ですか……じゃ、じゃあ…………に、二丁拳銃をよろしくお願いします！」

フィーアは何故か白い頬を赤く染めながら、恥ずかしげに言った。

「分かった」

フレイパーラの鍛冶屋で購入した鉄を《アイテムボックス》から取り出した。【魔銃士】が魔力で作製する弾丸に耐えることの出来る耐久性があればいい。

「これをどうするんですか？」

フィーアが興味深そうに見つめている。

「まぁ見てて」

まずは鉄を加工し、銃口を作製する。

銃口から機関部までが銃身となり、これはスライドによって隠れている。

照星を先に作製し、凹状に照門を設けることによって狙いを定めることが出来る。

「……あの、凄すぎませんか？」

「ん？」

「見る見るうちに出来上がっていくのがちょっと恐ろしいぐらいで……」

「そうか？」

俺の錬金術に関する知識は深くない。

熟練の錬金術師ならこれぐらいは一瞬で完成させてしまいそうだ。

「……リヴェル、これは一体どんな魔法を使っているんだい？」

クルトが不思議そうに尋ねてきた。

「これは魔法じゃない。錬金術だな」

「錬金術だって？」

「ああ。鉄の加工は全て錬金術によって行っている。錬金術の原理は魔法の原理とかなり似通っていて、勉強すればすぐに応用が利くと思うよ」

「……錬金術というのは普通、物質の変成だけを行うものだよ。たぶんリヴェルは古代魔法と一緒で現代の〝普通〟とはかけ離れた知識を身につけているんじゃないかな」

「……なるほど、確かにそうかもしれないな。まぁそれなら好都合だ」

「そうですね！　なんだか特別って感じがしますし、リヴェルさんが目標にしてた世界最強に近づいている気がします！」

「だな」

フィーアの意見に俺も賛同する。

みんなが知らない情報を俺だけが知っているというのはかなりのアドバンテージだ。

世界最強か……案外なれるものなのかもしれない。

＊＊＊

そして錬金術を駆使し、２時間ほどかけてフィーアが欲しがっていた二丁拳銃が完成した。

「わぁ～！　本当に出来ちゃいましたね！」

フィーアは満面の笑みで二丁拳銃を手に取った。

これだけ喜んでくれるなら俺も作った甲斐があったというものだ。

錬金術を試す良い機会にもなったしな。

「おめえらさっきから何やってんだ？」

闘技場にロイドさんがやってきた。

そしてフィーアが手に持っている二丁拳銃に気付くと、口を大きく開けて驚いた。

「フィ、フィーア!?　おめえ、この拳銃いくらしたんだ!?　ウチにそんな余裕はなかったろ？な？」

「へ？　……これ、リヴェルさんに作ってもらったの」

「お、お父さん！　安心して！　これはリヴェルさんが作ったのか？」

ゆっくりと首を動かして、俺の方を向くロイドさん。

「そうですよ」

「……ハッハッハ……ガッハッハッハ！　さすがはアデンの息子だな！」

それ剣聖の父さん関係ある？　と疑問に思ったけど、無粋なことは言わないようにした。

「よし、それじゃあ明日からの特訓にはフィーアも参加出来るな！」

「――え？」

フィーアが目を丸くしてきょとんとした顔をする。

「今まで武器も買ってやれなかったからよ、特訓させてあげられなかったが、リヴェルのおかげでようやく鍛えてやれるな！　これまで特訓してやれなかった分、みっちり鍛えてやるぞ！」

「……うん……嬉しいよ、お父さん……」

フィーアは涙を流しながら何度も頷いた。

「ハッハッハ！　泣くほど嬉しいか！　父さんも嬉しいぞぉ！」

どう見ても嬉し涙には見えないが、黙っておこう。

……しかし、フィーアが泣くほどの特訓か。

楽しみだな。

父さんとの修行で取得した《鬼人化》のようなスキルを教えてくれると嬉しいんだが……。

さて、どうなることやら。

＊＊＊

「よっしゃあ！　久しぶりの特訓だぜぇ！」

闘技場でロイドさんが叫ぶ。

クルトとフィーアはそれを冷ややかな目で見ている。

間違いなく一番張り切っているのはロイドさんであることが一目瞭然だ。

「みんな頑張れ～」

「キュウ～」

闘技場にはスペースは小さいものの、観客席が設けられている。

ラルはそこの椅子に座り、キュウはその膝に丸くなり、俺たちの応援をしてくれるらしい。

これから特訓が始まるわけだが、どんなハードな内容が待ち受けているのだろうか。

少し楽しみだ。

「ロイドさん、これから行う特訓の内容は皆同じになるのでしょうか？」

クルトがそう疑問に思うのも無理はない。

俺たちは【賢者】【魔銃士】そして【努力】とそれぞれタイプが違う。

例えば【賢者】は【剣士】のような近距離攻撃をメインとする才能と違い、魔法を使った遠距離攻撃を得意とする。

つまり、身体能力は鍛えにくいが、魔法は鍛えやすい才能ということになる。

このように才能は長所と短所が明確になっていることが多いため、実力を伸ばすなら短所を補うよりも長所を伸ばす方が有効だ。

「ああ。どんな才能だろうと戦いにおいて基礎に勝るものはねぇ。地道な努力がデカい結果に結びつくもんだ」

「なるほど。そういうことでしたら異論はありません」

「うむ。じゃあ早速始めるか！」

「……ああ、始まってしまいます……あわわわ」

ぶるぶる。

隣でフィーアは顔を青くして肩を震わせている。

「……大丈夫か？」

「リヴェルさんは良いですよね……私もリヴェルさんみたいになりたかったです……」

「どうした。てかなんで俺なんだ」

「これから分かりますよ……私には耐えられなそうです……」

「……まぁ頑張ろうぜ」

フィーアは恐怖のあまり壊れてしまったようだ。

「よし、それじゃあ最初はここを１００周だ！」

……え？　それだけ？

と思ったが、いざ走ってみると結構しんどかった。

何故ならロイドさんが俺たちに重力魔法を使っていたからだ。

あとで聞くと『グラビトン』という魔法のようだった。

自身にかかる重力が５倍になり、立っているだけでも全身に負荷がかかる。

だが、おかげで良いトレーニングになった。

クルトもそれに気付いていたようで自分も『グラビトン』を使用することで打ち消し、余裕の表情で１００周走っていた。

これでは特訓にならないのではないかと思ったが、ロイドさんは認めていた。

魔法を使いながら身体を動かすことは難しいらしい。

フィーアは50周ぐらいまで頑張っていたが、途中でギブアップ。

ロイドさんに怒鳴られ、泣いていた。

「ふぅ、案外疲れるね」

クルトが額の汗を拭う姿がなんとも様になっていた。

貴族、それも領主の息子で才能があって、顔も良いし、性格も良い意味で貴族らしくない。

……あれ？　欠点なくね？

「だな」

体力はあまり鍛えられていなかったので、これからもこういったトレーニングを取り入れていこうと思った。

「よーし、次は魔力を放出して魔力枯渇状態になれ。実践的な特訓はその後だ」

「ぎゃあああああ！　やっぱり！」

フィーアが泣き叫んでいる。

魔力枯渇状態か。

さっきフィーアが「リヴェルさんは良いですよね」と言っていたのは、これが原因しているのかもしれない。

まぁ俺だって苦痛なのに変わりはないんだが。

「フィーアうるせえぞ！　【魔銃士】は結構魔力を使うんだからよ。これから毎日させていくからな」

「ひぃぃぃぃぃぃっ！」

「まぁいつも通りと言えばいつも通りか」

「そうだね」

魔力枯渇状態には毎日10回はなっている。

クルトも俺を真似て1日1回は必ず魔力枯渇状態になるようにしているので、日課みたいなもんだ。

「ん？　お前ら、いつもやってんのか？」

「まぁ一応……」

「僕は1日1回ですけどね。リヴェルは10回ぐらいなってますよ」

「おまっ――」

そんな正直に言っちゃうと、ロイドさんが引いてしまうだろうが！

「10回だと……!?」

クルトが告げ口したせいで、ロイドさんはドン引きしてしまいました。

クルトのせいです。

あーあ。

「――すげぇな！　リヴェル、お前は間違いなくアデンを超えるぜ。アデンでも1日に5回とかだったからな」

……あれ？　引いてない？

てか、父さんも俺と同じようなことをしていたのか。

「いやぁそうかそうか！　もしかするとお前ならいずれ《剛ノ剣《ごうのけん》》を物に出来るかもな」

「剛ノ剣……？」

「ああ。山をも斬り裂く一撃必殺のスキルだ」

いいことを聞いた。

俺は必殺技と呼べるような強力な攻撃手段を持っていない。

是非、そのスキルを取得したいところだ。

早速、《英知》で調べよう。

○スキル《剛ノ剣》
魔力を身体に纏い、剣撃の瞬間に全身を硬直させることで強力な一撃を放つ。
○取得条件
《剛ノ剣》を自力で放つ。


……取得条件が《剛ノ剣》を自力で放つだと？

「ロイドさん……」

「ん？」

「そのスキル、良ければ伝授してください！」

俺はロイドさんに土下座して頼み込んだ。

「ガッハッハ！　良い心がけだ！　よし、教えてやる！　その代わり途中で諦めんなよ？」

「はい！」

《剛ノ剣》を取得出来れば、間違いなく強くなれる。

そして、これは俺の切り札となる。

《剛ノ剣》……必ず取得してみせる。

「とりあえずだ。まずは魔力枯渇状態になることだな。これを1日のノルマにするぞ」

「ひぃぃっ！　嫌ですぅ!!」

「こらフィーア！　強くなりたくないのか！」

「な、なりたくないけど、なりたいです！」

めちゃくちゃである。

とにかく《剛ノ剣》を教えてくれる前に魔力枯渇状態にならなきゃいけない。

まぁ日課ではあるが、今は早く《剛ノ剣》を教えてもらいたい。

よし、とっとと魔力を放出するとしますか。

一気に魔力を放出することはこれが初めてだな。

上手く出来るかな――っと。

お、出来た。

俺の周りに大量の魔力が漂い出した。

なんか面白いなこれ。

「ん!?　なんだこの魔力の量は!?」

ロイドさんが声を上げた。

「へぇ～。既に僕と魔力の量はあまり変わらないみたいだね。流石は僕の師匠なだけはある」

クルトもそう言って、大量の魔力を放出し出した。

「ハッハッハ！　どうやらとんでもない新人が二人も入ってきたようだな！　フィーア、お前も負けてられねえぞ！」

「負けでいいです！　負けでいいからもうやめようよ～！」

「こらてめぇ！　いい加減にしろ！」

「は、はい！　や、やります！　やりますから！」

フィーアも泣きながら魔力を放出し出した。

そして俺は魔力枯渇状態になった。

「くっ――」

この苦痛は何度経験しても辛《つら》い。

だが、大声を出すのはみっともないから我慢するように意識すると出来た。

「があッ――ぎ、ぐ、ぬ」

クルトも魔力枯渇状態になったようで我慢しているようだった。

……最近になって我慢しようと思った俺は学習が遅いのかもしれない。

「ぎゃああああああ！！！　いいいったあああああいいいいいいい！！！」

フィーアは泣き叫んでいた。

＊＊＊

「枯渇状態からの回復が随分と早いな……」

ロイドさんが驚いていた。

「スキルのおかげですね」

《魔力超回復》はやはり便利だ。

みんながまだ苦しんでいる中、俺だけがまともに動けるようになった。

「そりゃ好都合だ。回復が早ければ早いほど《剛ノ剣》に挑戦出来る回数が増える」

「はい！」

ここから俺は本格的に《剛ノ剣》取得に励む。

クルトとフィーアは実戦形式での特訓をしてもらうみたいだ。

魔法と魔銃の撃ち合い。

今までの特訓とは違い、派手なものになるだろう。

そして俺は闘技場の片隅で地味に特訓するのだ。

まずはロイドさんからの説明だ。

「《剛ノ剣》は全身に魔力を均一に纏う。そして剣撃の瞬間に全身を硬直させることで強力な一撃を繰り出すスキルだ。イメージ出来るか？」

そう言われ、俺は頭の中でイメージしてみる。

全身に魔力を均一に纏う……。

これは《魔力循環》を応用させれば出来るかな？

《魔力操作》も取得しているわけだし、割と出来そうな気がする。

次に剣撃の瞬間に全身を硬直させる……か。

どういうことだ？

……この部分が上手くイメージしにくい。

「剣撃の瞬間に全身を硬直させるってどうやればいいんですかね？」

「慣れだ。その感覚を摑むために何度も特訓するんだ」

「……なるほど」

言っていることはもっともだが、やはりどうしてもどういう理屈で全身を硬直させるのか気になる。

《英知》で調べるか。

……。

マジか……。

見つからねぇ……。

まぁだったらそれでいいさ。

ロイドさんの言う通り何度も挑戦して身につけてやる。

「習うより慣れろだ。とにかくやってみるぞ」

「はい！」

まずは《剛ノ剣》の構えを教えてもらった。

腰を落とし、前傾姿勢になる。

剣は振り抜きを出来るだけ長くするために、腕を曲げ、腰の横に持っていく。

「よし、良い構えだ。あとは《剛ノ剣》をイメージして、自分でやってみろ」

「……はい」

集中力を高めつつも、今自分がどういう風に動いているかを客観的に考える。

自分を客観視することで、何が良くて何が悪いのか、それが見えてくるはずだ。

魔力を溜め、全身に行き渡らせる。

《魔力循環》があるため、それは容易に出来た。

……が、しかし。

魔力を均一にするってめちゃくちゃ難しいぞ、これ。

剣の握り方一つで魔力はすぐに変化する。

どうすりゃいい？

……そうだ。

魔力の濃度を薄くすればいいんだ。

《鬼人化》を取得したときみたいにすれば……。

「リヴェル、そりゃダメだ」

ロイドさんが言った。

「確かに魔力の濃度を薄くしてやれば、全身に魔力を均一に行き渡らせるのは格段に楽になるだろう。そんなことまで出来るとは恐れ入ったが《剛ノ剣》は一撃必殺。妥協は許されない」

「……はい！」

過程を重視しすぎて本質を見失っていた。

《剛ノ剣》は一撃必殺のスキルだ。

それを念頭において、全てを出し切る！

「ハアアァァッ！」

剣を振り抜いた。

空を切る音がした。

「――ダメだ。何一つ出来ちゃいない」

ロイドさんが険しい顔でそう言った。

「もう1回やります！」

「おう。頑張れ。諦めずに何度も挑戦しろ」

「はい！」

俺は何度も《剛ノ剣》に挑戦した。

失敗の原因を考え、改善しようとするが中々上手くいかない。

《鬼人化》のときはもっと成功するイメージが出来たのに……。

今回は全然イメージ出来なかった。

「あー！」

闘技場にラルの声が響いた。

俺たちは特訓を一度中止し、ラルの方を向く。

「フレイパーラ新人大会の参加申請、今日の夕刻までじゃない！」

あ。

空を見上げると、西の空が少し赤くなりつつあった。

「急いで行かなきゃな」

「え、え!?　み、皆さん参加されるんですか!?」

フィーアが慌てていた。

「ああ、参加して結果を出せば『テンペスト』の評判も上がる」

「で、でも参加される方々は新人冒険者とは思えない猛者ばかりで……」

「それに関しては大丈夫じゃないかな？　フィーアと何度も模擬戦をやったけど、十分強いと思うよ」

クルトがそう言うのなら、フィーアはなかなかの実力者なのではないだろうか。

俺は全く見ていないけど。

「もうみんな参加するんだからとっとと行くわよ！」

参加しないラルが一番危機感を持っていた。

ラルはギルドの財務管理を任されており、ギルドをマネジメントする立場にあることや、商人という仕事柄、俺たち以上に責任感を持って取り組んでいるようだ。

まぁ焦る気持ちも分かる。

なにせフレイパーラ新人大会で俺かクルトが優勝することで、ギルド『テンペスト』の再興を図ろうとしているのだからな。

参加出来なきゃ何も始まらない。

俺たちは特訓を中断して、急いで大会本部に向かうのだった。

第五話　フレイパーラ新人大会

フレイパーラ新人大会の参加はギリギリ間に合った。
俺、クルト、フィーアの３人が参加する。
ギルド『テンペスト』全員参加だ！
……人数が少なすぎて悲しくなる。
それはさておき、フレイパーラ新人大会が開催されるまで1週間。
俺たちはこの1週間、特訓に励んだ。
クルト曰く、フィーアは銃を握ると泣き叫んでいたのが嘘みたいに冷静になるという。
そのときのフィーアは普段の様子からは想像も出来ないほど手強《てごわ》いとのこと。
これはもしかすると、３人全員が良い結果を出せるのではないだろうか。
そう思いたいのだが……。
俺は《剛ノ剣》を取得出来ないでいた。
これまずいのでは？　と思いつつもここで諦めることが出来る性格でもない。
日課である魔力枯渇状態（10回）や身体トレーニングを行いつつも、《剛ノ剣》の取得に可能な限りの時間を割いていた。

何か掴めそうな気もするが、掴めない。

《鬼人化》の取得はあれだけスムーズに出来たのに。

何が違うのか？　と思ったら、集中力な気がする。

あのときはかなり追い込まれていた。

呼吸も出来ない、魔力もない。

その状況が俺の集中力を極限まで高めてくれたのだと推測する。

しかし、それを再現しようとしても中々上手くいかないし、自分でその状況に追い込んでいくのもどこか納得がいかない。

そんなわけで俺だけ特に進展がないまま、フレイパーラ新人大会の前夜になっていた。

俺たちは、ついに始まるフレイパーラ新人大会に向けて、レストランで食事をしながら英気を養っていた。

ラルの奢《おご》りらしい。

『『ラル、いいやつ』』

俺とキュウはラルに感謝した。

「さぁいよいよ明日ね！」

ラルが声を上げた。

「ふ、不安と緊張で眠れそうにないです……」

「大丈夫よ！　フィーアは強いから安心しなさい」

ラルがフィーアの肩に手をやり、励ます。

「……そうですかね？　えへへ」

「ええ。クルトに一度も勝てなかったとはいえ、善戦していたもの」

「……うう、だってクルトさんはおかしいんです。いくら攻撃しても平然と魔法を撃ち返してくるんですから」

フィーアの才能は【魔銃士】で武器は二丁拳銃。

魔力で弾丸を作製し、中距離からの攻撃を得意としている。

一般の魔法使いと比べると遥かに速い攻撃速度だが【賢者】の才能を持つクルトはそれを平然と撃ち返す。

「リヴェルみたいに魔法を無詠唱では撃てないにしても詠唱を省略することは出来るからね」

「へー、そんなことが出来るのか」

俺は素直に感心した。

「才能の差を実感しましたね……明日もきっとそうなるに違いありません……」

フィーアはネガティブ思考なようだ。

「大丈夫じゃないかな？　フィーアは十分強いよ」

「そ、そうですかね……ふふ」

いや、ネガティブ思考というよりも流されやすい性格なようだ。

思えば、今までこういった展開は何度もあったな。

「フィーアが自信を持ってくれたようで何よりね。とにかく、みんなが勝ち進んで好成績を残す！　これが目標よ」

「そういえば、どうしてそこまで成績にこだわっているんですか？」

フィーアは不思議そうに首を傾げた。

「『テンペスト』を再興するために決まってるじゃない。今の状態だとギルドの信用がなさすぎて依頼が一つもないわ。情報も仕入れることが出来ないし、このフレイパーラ新人大会で結果を残せなきゃハッキリ言って『テンペスト』は終わりよ」

「え、えええええぇぇぇ!?　そ、そうなんですか!?」

「依頼をこなさなきゃ冒険者としてのランクも上げられないから、フレイパーラの地下迷宮にも挑戦出来ないからね。私たちも他のギルドを探すことになるわ」

「はわわわわ……絶対に負けられませんね……」

「まぁフィーアがダメでもクルトかリヴェルが何かしらの結果を残してくれるだろうから安心しなさい」

「そ、そうですよね！　お二人はすごく強いですし」

フィーアから期待の眼差しを向けられている。

「まぁ僕はリヴェル以外に負ける気はしないよ」

「それは俺を過大評価しすぎだ」

「ふふ、どうだろうね」

＊＊＊

そしてフレイパーラ新人大会が幕を開けた。

総勢300人に及ぶこの大会はトーナメント形式で四つの闘技場を使い、2日かけて行われる。

優勝するには8回か、9回の試合をこなさなければいけない。

俺は才能が低く評価されたのか、シード権がなく9回の試合をこなす必要がある。

トーナメント表を確認したところ、もしフィーアと戦うのならベスト4を争うときなので、7回目の試合になる。

クルトと戦う場合は決勝だった。

これから1回戦が始まる。

闘技場は『テンペスト』のものよりも広く、観客席は多くの客で埋め尽くされている。

あ、ちなみに俺がトーナメント表で割り当てられた場所は、一番最初に試合をするポジションだった。

「さて、とうとう始まります！　フレイパーラ新人大会！　実況は私、フレイパーラのアイドルことカナが務めさせて頂きます！」

魔導音響機から発せられる可愛げのある女性の声が闘技場に響き渡る。

「「うおおおおお！！！」」

そして、歓声が沸き上がった。

「解説はなんと！　ギルド『レッドウルフ』のSランク冒険者！　シドさんになります！」

「はい、よろしくお願いします」

『レッドウルフ』か。【最上位剣士】のアギトがいるギルドだったな。

「「うおおお！」」

先ほどよりも歓声は小さくなっていた。

観客の半分は冒険者であることから、やはり可愛い女の子の方が盛り上がるのだろうか。

「ではでは早速、新人冒険者の方々に登場して頂きましょう！　――え？　……ごほん。失礼しました！」

実況の人の反応。

何故そうなったか察しがついた。

「ギルド『テンペスト』より、リヴェル選手！　才能は【努力】です！」

し～ん。

「「――ハッハッハッハッハ！」」

まぁ、笑われるよな。

慣れているさ。

俺は笑い声の中、闘技場に入場した。

「【努力】が才能ってなんだよ～ハッハッハ！　腹いてぇ～」

「1回戦突破も厳しいかもしれねえけどよ、頑張れよ！」

「努力であがいてくれることを祈ってるぜ～！」

やれやれ、めちゃくちゃバカにされているな。

やはり俺の才能はどうも印象が良くないらしい。

俺はこれからこの街で活動していくんだ。

冒険者として舐められすぎているのも活動に支障が生じる。

「……優勝して評価をくつがえすか」

俺はそう呟き、より一層気合を入れるのだった。

＊＊＊

「さてさて！　異質な才能【努力】の少年の対戦相手はギルド『ソードクラウン』よりオスカー選手！　才能は【上位剣士】です！」

わー！　わー！

会場が盛り上がる。

それだけ【上位剣士】の才能の持ち主は優秀だということか。

「こりゃ一方的な試合になりそうだな」

「ちげえねえや」

観客席からそんな会話が聞こえてきた。

俺と対戦相手のオスカーは闘技場の中央で向かい合わせになる。

「せっかく勇気を振り絞って参加してくれたみたいだけど、ここで終わりだ」

オスカーは剣をこちらに向けて言った。

フレイパーラの闘技場は一つの魔導具だ。

そして、魔導具の中でも最上位クラスであり、効果が凄まじい。

肉体に与えるダメージを一定のレベルまで肩代わりしてくれるのだ。

その限界を示すのは、俺たち対戦者の上に表示されているＨＰバー。

これがゼロになった方が敗者であり、強制的に試合は終了される。

出場者の安全が保証されているからこそ、手加減なしの真剣勝負が見られる。

だからこそ、ここまで多くの人を魅了するのかもしれない。

「お手柔らかに」

俺はオスカーに返事をした。

「それは無理だな。手加減は苦手なんだ」

そうかい。

俺たち二人が剣を構え、会場の熱気が最大になったとき、

「それでは試合開始！」

その合図を聞き、オスカーは真っ先に動き出した。

一度俺は【上位剣士】の才能を持つカルロと戦ったことがある。

そのおかげで余裕はあるが、当時は《模倣》で上位剣士レベルにまで実力を落とした父さんを再現して勝っただけ。

油断は出来ない。

剣と剣がぶつかり合い、甲高い金属音が鳴る。

カルロと戦ったときは、一撃一撃がかなり重く感じた。

だが今はそう思わない。

むしろ、この程度なのか……？　と油断してしまうレベルだ。

しかし、この考えは良くない。

オスカーが俺を見下していたことを考えると、実力のほとんどを出していない可能性がある。

それに手加減は苦手だとも言っていた。

何か奥の手を隠しており、俺を油断させるための罠《わな》だとも考えられる。

……俺の思考とは裏腹に会場は、全く一方的でない試合展開にざわざわとどよめいていた。

「おーっと!?　これは予想外の展開！　リヴェル選手、なんとか攻撃に耐えています！」

「見たところ互角の戦いを繰り広げていますね。【努力】の才能なんて聞いたこともありませんが、これはあなどれないですね」

「なるほど！　シドさんが認めるほどリヴェル選手の実力は高いようです！」

戦いの最中にこうして実況と解説を聞いていると少し恥ずかしい気分になるな。

「クソッ！」

オスカーが気に食わなそうな表情をする。

その怒りは剣筋に表れているようだった。

先ほどよりも力が入り、その反面正確さが損なわれていた。

そのおかげで俺はオスカーに2回ほど剣撃を当てることに成功した。

「初めにダメージを与えたのはリヴェル選手！　オスカー選手のＨＰバーは既に半分ほどになっています！」

「リヴェル選手には余裕が感じられますね。彼の動きからは、まだ底が見えない」

「な、なんと！　リヴェル選手は、まだ力を隠しているようです！」

流石はＳランク冒険者なだけはある。

シドさんの言っていることは的中している。

観客の反応は最初とかなり変わっていた。

「いけー！　リヴェルー！」

「頑張れー！」

俺を応援する声がチラホラと聞こえるようになってきた。

「てめぇ俺の晴れ舞台に泥を塗ってくれたな！　俺よりお前が目立ってどうする！」

オスカーの剣撃に更に力が込められた。

「仕方ないんじゃないか？　それだけ俺の印象が変わったってことだろ」

「ああそうかい！　だったら早急に終わらせてやるよ！」

オスカーは後ろに跳んだ。

「おっと、オスカー選手！　リヴェル選手と距離を取りました！」

「何か秘策があるようですね。次の一撃で決着がつくでしょう」

あの言動から考えるにオスカーは何かしてくるつもりだ。

解説の言う通り、次で決着がつく。

「まさかお前相手にスキルを使うことになるとは思わなかったぜ」

オスカーにわずかな魔力の反応が見えた。

そのとき、空気の流れにかすかな変化が生じていた。

「斬り刻まれろ――――《疾風蓮華《しっぷうれんげ》》」

オスカーは風魔法を応用したスキル《疾風蓮華》を繰り出してきた。

オスカーは駆け出した瞬間に俺の背後へ回り込んでいた。

その姿はまさに疾風とでも言うべきか。

だが、俺がスキルの取得を優先せずに身体能力を強化していたのにはわけがある。

「なにッ!?」

オスカーの剣撃は空を切った。

それもそのはず、俺は更にオスカーの背後へ回り込んでいたのだから。

多くのスキルは身体能力を瞬間的に上げ、自身の能力以上のものを発動させる。

しかし俺はそれが落とし穴だと感じた。

――何故なら、身体能力を上げればスキルがなくともそれと同様の動きが出来るからだ。

「終わりだ」

オスカーはそれ以上為《な》すすべなく、俺の剣に斬られた。

そして、ＨＰバーはゼロになった。

「な、な、なんと！　リヴェル選手がオスカー選手の動きを上回りました！　そして消え失せるＨＰバー！　無傷でフレイパーラ新人大会の初戦を制したのはリヴェル選手です！」

「「「うおおおおおおおおおおおお！！！！！！」」」

鳴り止まぬ歓声。

「すげえな！　とんでもねえ奴が現れたもんだ！」

「リヴェル！　これから俺はお前を応援するからよ！　頑張れよ！」

……あれ、優勝せずとも評価がくつがえってないか？

まぁいい。

周りの評価などは気にせず、俺はただ目標のために優勝を目指すとしよう。

＊＊＊

「次の出場者は、ギルド『テンペスト』より、フィーア選手！　才能は【魔銃士】です！」

歓声が鳴り響く中、私は緊張で鼓動が速くなるのを感じながら、なんとか闘技場の中央にやってこれた。

私は人前に立つのが得意ではありません……。

だから、闘技場の中央で立っているこの瞬間、もう気を失いそうです……。

は、早く始まってくれませんかね……。

もう対戦者である私たちの紹介は終わりましたよね!?

じゃあ、さっさと始めましょうよ！

じゃないと私……き、緊張で倒れてしまいます！

試合が始まりさえすればきっと……。

「それでは試合開始！」

やった……！

やっと始まるんだ……！

私は腰のホルスターから二丁の拳銃を取り出す。

――ああ、やっと私は落ち着ける。

拳銃を持った瞬間に視界、そして思考が鮮明になった。

今まで認識していた空間がより広がるような錯覚を覚えた。

「へへ、悪いけどとっとと終わらしちまうぜ！」

相手の才能は【槍術士】だ。

盾を構えているところを見ると、私の才能は既知だったらしい。

それもそうか。

私のギルドは街で多くの冒険者にバカにされてきた。

神殿で貧乏な私が【魔銃士】であることを告げられたとき、みんな笑っていたっけ。

「ふふ、どうでもいい」

私は笑いながら呟いた。

＊＊＊

「……別人のようだな」

「それめっちゃ分かる～！　戦ってるときのフィーアは驚くほど冷静なのよね」

「キュウ！」

俺とラルとキュウは控え室からフィーアの戦いを見ていた。

同ギルドの者たちは控え室に入ることが許されており、そこから応援が出来るのだ。

フィーアの戦いっぷりに会場は大盛り上がり。

可愛い女の子が圧勝する様は華があっていいものだ。

フィーアの戦う姿を真剣に見たのは初めてだが、最近武器を手に入れたとは思えないほどに強かった。

俺やクルトは昔から剣や魔法に触れていることもあって、ある程度慣れている。

だが、フィーアは違う。

戦闘センスがずば抜けていいのだろうな。

「クルトもそろそろ試合か」

「そうね。でもアイツの闘技場は遠いから行かなくてもいいと思うわ。どうせ勝ってるだろうし」

こいつら本当に仲悪いな。

「あ、ああ……緊張しました……」

疲れた様子でフィーアが戻ってきた。

「お疲れ。2回戦までは時間があるし十分休んでおくといいよ」

「だね！　それにしてもフィーア格好良かったよ！」

「アハハ……二人ともありがとうございます……」

疲労困憊《こんぱい》という感じだ。

戦っている最中はそんな様子は一切見せなかったが、終わった瞬間にこれだ。

体力とメンタルが今後のフィーアの課題かもしれないと思った。

＊＊＊

そしてフレイパーラ新人大会の1日目が終わり、俺たちは『テンペスト』に集合していた。

さて、1日目の結果だが……。

「みんなどうにか1日目は乗り切ったわね！　お疲れ様！」

ラルが嬉しそうに言った。

そう、俺たちはみんな勝ち残っていた。

2日目まで残れれば最低限目立つことは出来たと言えるだろう。

しかしギルドの復興を考えるならもっと結果が必要だ。

まぁ優勝するつもりでいることもあり、油断は一切ないのだが。

『さすがあるじ！』

念話でキュウも祝福をしてくれた。

『ありがとな、キュウ』

俺は頭上で丸くなっているキュウを撫でた。

『あっとうてきだった！　キュウ、つよいひとすき！』

『喜んでくれたようでなによりだ』

強い人が好き、か。

ドラゴンなだけはあるな。

……いや、人間もそうか。

「まぁこの程度は当然だろうね。でもみんな無事勝ち残っていてホッとしたよ。明日もいいところまでいけるさ」

クルトは少し安堵したような表情でそう言った。

自信満々なクルトだが、きっとほんの少しだけ不安があったに違いない。

１００％成功する、というのは絶対にあり得ないのだから。

「そ、そうですかね……私的には今日勝ち残れただけでも自分を最大限に褒めてあげたいところなんですけど……」

「フィーアはもっと上を目指せるよ。自信持ちなよ」

「だな。今日だってフィーアは無傷で全員倒していたじゃないか」

俺はクルトの意見に賛同する。

……まぁ俺とクルトも無傷だったが、それは言わないでいいか。

「……確かに……もしかして私って強いんですかね？」

「そうだよ。だから自信持って」

「えへへ、そうですよね！　私、銃を持っているときは凄い冷静になれて自信が満ち溢れてくるんですよ！　持っていないときもそう思えばいいんですよね！」

自覚していたのか。

てかそれにしてもこの子チョロいな。

「うん。自信を持っていいと思うよ。だってもう『テンペスト』凄い話題になってたし」

ラルが言った。

「え、もう？」

「早いよね。てか、あんたら試合重ねるごとに観客からの声援増してることに気がつかなかった？」

「……言われてみればそうだった気がするな」

特に相手が強いというわけでもなかったが、かなり集中して試合に臨んでいたから観客のことまで意識していなかったな。

「特にリヴェルは相手を瞬殺してたからね。もう優勝候補にも挙げられているわ」

「……なるほど、それは光栄だな」

「フィーアは次に注目されていたわね。やっぱり可愛い女の子が強いってのは良いものね！」

「えっ、わ、私って、か、かわっ、可愛いんですかっ!?」

フィーアの顔が真っ赤になる。

耳までも。

「私はそう思うけど、どうなの男性陣」

こんなタイミングでこっちに振るな。

しかし、可愛い？　と聞かれて、何も答えないのが一番悪いか。

「普通に可愛いな」

「そうだね、どこかの商人さんよりも全然可愛いと思うよ」

「だってさ。どこかの商人さんって誰かしらね。私は超絶可愛いからフィーアと同等だろうし」

「……は、恥ずかしいです……そ、そんな超絶……か、可愛いだなんて……」

もうオーバーヒートしそうな勢いだな、これ。

少しフィーアがかわいそうになってきたし、そろそろ話を切り上げて明日に備えるか。

「ま、1日目は上出来だったな。この調子で行けば『テンペスト』の評判はうなぎ上りだ」

「ええ、そうなれば後はこっちのものよ！　冒険者ギルドを経営して荒稼ぎしてやるんだから！」

ギルドの経営はロイドさん曰く「そういうのめんどくせえから任せられるなら任せるぜ」とのこと。

実績と実力のあるラルにほとんど任されている状態だ。

「よし、じゃあ明日は俺たちの中の誰か一人が絶対に優勝しよう。そして『テンペスト』を復興させるんだ！」

「「「おー！」」」

＊＊＊

フレイパーラ新人大会2日目。

「さてさて！　栄えあるベスト8を飾るのはどちらの選手になるのでしょうか！　さぁ今大会一番の番狂わせにして、優勝候補！　数々の強敵を圧倒してきたギルド『テンペスト』より【努力】の才能の持ち主！　リヴェル選手の入場です！」

ワアアアアアアアアアアアアアアアア！

大気が震えるばかりの歓声。

ここまで来ると、かなり人気になったものだな。

俺たち3人は順調に勝ち進んでいき、ベスト8決定戦までやってきた。

「リヴェル、あんな奴ぶっ飛ばしちゃいなさい！」

「キュウ！（あるじ！　ふぁいとっ！）」

「ありがとう。任せろ」

控え室からラルとキュウの声援を受けながら俺は闘技場に入場した。

そして、俺のベスト8決定戦での対戦相手は——。

「さぁこちらも同じく優勝候補！　新人冒険者の中で最強と名高い彼はどう戦うのでしょうか！　解説のシドさんも所属するギルド『レッドウルフ』より天性の才能【最上位剣士】の持ち主！　アギト選手の入場です！」

ワアアアアアアアアアアアアアア！

「まさかここまで勝ち上がってくるとはなぁ～」

狼のような耳に鋭く睨《にら》みつけてくる目つき。

闘技場の中央に立ったこの時点で間髪入れずに挑発してくる。

アギトとはギルド選びの際に軽い因縁がある。

「運が良かったようだ」

俺はそう答えておく。

アギトは【最上位剣士】の才能を持つ実力者。

今までに戦ったどの相手よりも強いだろう。

そしてコイツは俺を見下していることもあり、油断させておいて損はない。

「クックック、運でここまで上がってくることは出来ねェ。それに冒険者たちの間ではもう随分と噂になってるんだぜ？　お前を道端に転がっているただの石だと思っていたが、俺は評価を改めることにした。——お前は俺の敵だ」

……なるほど、俺もアギトを少しみくびっていたようだ。

カルロと似たようなタイプであることは間違いないが、実力は遥かにアギトの方が上だろう。

それは戦闘においてのものだけではなく、行動、精神面、考え方もカルロを超えている。

初めて会ったとき、ギルドであれだけ好き勝手やっていたようだが、周囲に嫌われているような雰囲気はなかった。

それはアギトのカリスマ性がそうさせているのだろう。

本人に自覚はないだろうが。

そして今、アギトは俺に対する評価を変えた。

これがカルロとアギトの大きな違いと言っても良いだろう。

自分の価値観や考えを変えるのは簡単じゃない。【最上位剣士】であることのプライドもあるだろうし、カルロには出来なかったことだ。

「そうか。それはなによりだ」

「ああ、だからこそ楽しみになったぜ」

「何がだ？」

「どっちが強いか試せるのがよぉ！」

「……まるで狂犬だな」

俺とアギトは剣を構えた。

程よい緊張の中、俺の集中力はかなり高まっていた。

今なら《剛ノ剣》を取得出来るか……？

少しだけその考えが頭をよぎったが、すぐに流した。

そんな余裕があるほど、俺は強くなったわけでもないのだから。

現状の最善を俺は尽くし、優勝するだけだ。

「それでは試合開始！」

実況の合図と共に俺たち二人は動き出した。

そして交わる剣は今までで最も強烈な音を発した。

それは観客が騒いでいる中でもしっかりと闘技場全体に響き渡っていた。

「ハッハッハ！　こうでなくっちゃなぁ！」

アギトは笑いながら剣を乱暴に振り回す。

だが、その剣撃全てが俺を正確に捉えている。

これは今までの相手とはまるで比べ物にならないな。

怒りに身を任せたものとは違う。

本能で動いているような、そう野生の魔物を相手にしているような印象だ。

独特な剣筋で動きが読みにくい。

これが正真正銘の剣術の才能か。

「こ、これはなんとハイレベルな戦いでしょうか！　これが優勝候補のぶつかり合い！　両者、一歩も引きません！」

実況の通り、一歩も引かない展開が続きそうだと思った。

「流石だな。【最上位剣士】の才能を持つだけはある」

「まだ実力を出し切っていないのによく言うぜ」

「それはお互い様だろ？」

「ハハハ……やっぱお前面白《おもしれ》ェわ」

そう言うと、アギトの剣撃は鋭さを増した。

一撃が重く、手数も多い。

仕方ない。

俺もギアを上げるか。

《身体強化》を使い、魔力を消費する。

「ほぉ、やるねェ」

アギトの剣撃に対応していくと、アギトは更に実力を見せてくる。
お互い一歩も引かない状態が続いたが、先に一撃を浴びせたのはアギトだった。
これは単純に剣術の実力がアギトの方が上だったということだ。
その剣筋は才能を貰ってから、鍛え上げたものではない。
幼い頃から地道に積み重ねてきたものだと分かる。
「ハハ、勝負アリだな」
一撃を浴びせたアギトは勝ち誇るように笑った。
「本当にそう思っているのか？」
俺はアギトから一撃を食らうのは仕方ないと打ち合いの最中で思った。
重要なのはその後の展開。
一見ピンチに見える状況をどうチャンスに変えることが出来るか。
今まで俺はずっと剣だけで戦ってきた。
それゆえに、打ち合いを制することは試合を制することと同じに思えてしまうだろう。
油断が生まれるのは仕方のないことだ。
だが、その隙を俺は見逃さない。
剣を握っていない左手からアギトの顔面に向けて火魔法を放った。
顔全体を覆うほどの大きさの火の玉が直撃する。
「なにイイイッ!?」

そして、ここでたたみかける。

ダメージは闘技場により肩代わりされているので痛みは感じないものの、火魔法が直撃したことにより、視界は遮られている。

これにより、次の一撃を回避することも防ぐことも不可能だ。

《身体強化》の出力を出来る限り上げ、今放つことの出来る最強の一撃をお見舞いする。

「悪いな」

正々堂々とは言えないやり方に少し罪悪感を覚えた俺はそう言いながら、剣を振った。

俺の一撃がアギトに炸裂する。

そして、HPバーはゼロになった。

「な、な、なんと！　勝負が決まったのはわずか一瞬の出来事！　リヴェル選手、咄嗟《とっさ》の機転により試合を制しました！　リヴェル選手、ベスト8決定！！！」

ワアアアアアアアアアアアアアア！

「まじかよ！　あいつ剣術だけじゃなくて魔法も使えるのかよ！」

「【最上位剣士】のアギトを倒しちまうとはな！　これはもう優勝決まったも同然だろ！」

俺が魔法も使えることとは、これで周囲に知れ渡ってしまったな。

一度しか使えない奥の手を使ったようなものだ。

だが、この手を使わなければアギトに勝つのはもう少し苦労した。

それに……最善を尽くすと決めたからにはなんとしてでも勝たないといけないからな。

「負けた……か」

アギトは静かにそう呟き、力なく地面に座り込んだ。

観客の歓声はまだ鳴り止まない。

「……まさかお前に敗れるとは思わなかったぜ」

「悪いな、少し卑怯な手を使った」

「ハハ、爪を隠すのが随分と上手いようだなァ」

「切り札は多ければ多いほど役に立つ」

俺がそう言うと、アギトはニヤリと笑った。

「よく言うぜ。まだ余力があるくせによ」

「さあな」

俺は曖昧な返事をした。

アギトが俺に深く言及したところで何も見えてこない。

ならば、ここで多くを語る価値はない。

「努力の才能、か……。全く意味の分からないものだぜ」

負けた後のアギトの表情からは微塵も悔しさが感じられない。

むしろ清々《すがすが》しさを感じさせるものだった。

控え室に戻ると、ラルがタオルを持って待ち構えていた。

「はい、お疲れ」

「ありがとう」

タオルを受け取り、汗を拭き取る。

その最中、キュウは俺の頭上をクルクルと飛び回っていた。

『あるじぃー、おつ！』

「キュウもありがとな」汗を拭き終えるとキュウは俺の頭に着地した。

「さぁ次はいよいよ同ギルド対決ね！」

「フィーアか。まぁ勝ち上がってくるだろうな」

「リヴェルとフィーアが戦うのは何気に初めてよね」

「クルトとも戦ったことはないけどな」

「順調に勝ち進めば決勝で戦うことになるわね。そのときはリヴェルを応援するけど」

「あいつずっと応援されてないだろ。少しはしてやったらどうだ？」

「それは金額次第ね」

「金取るのかよ」

相変わらず仲が悪いようだ。

＊＊＊

そして、あっという間にフィーアはベスト8が決定し、俺と戦うことになった。

しかし、わずかな時間での連戦を避けるためにしばらく休憩時間が設けられた。

残りの試合数は少ないものの今までよりも白熱した戦いが繰り広げられることが予想される。

そのため、少しでも選手のパフォーマンスを上げるためにもこうした休憩時間を設けることは大事だ。

現在、俺は控え室で次の対戦相手であるフィーアとラルとキュウで休憩時間を過ごしていた。

フィーアの方の控え室に行こうと言い出したのはラルだ。【商人】の才能を持っているおかげなのか、こういった良い雰囲気を作り出すのが非常に上手い。

しかし、クルトは除く。

「まさかこんなところまで勝ち上がれるとは思いませんでしたね……」

感慨深そうにフィーアが言った。

「本当にフィーアは自信がないのね。でもこれで少しは自信がついたんじゃない？」

「そ、そうですね。少しは自信がついた……ような気がします」

「自信なさげね」

ラルは優しげに、少し呆れた表情をする。

「うう……どうやったらリヴェルさんみたいに自信がつくんでしょうか……」

とんでもない形で話を振られた気がするのだが。

驚きを表に出すとフィーアが申し訳なさそうにすると思い、俺は必死に隠した。

「……別に俺も自信なんてないよ」

「えー、それは嘘でしょ」

ラルはケラケラと笑った。

「一番の自信家はクルトだろうな」

「確かにそうかも」

「で、でもリヴェルさんも物怖じせずに大会に臨まれてましたよね？」

「んー、じゃあ自信があると言えるのかな。俺は優勝という目標に向かって最善を尽くしているだけに過ぎないんだ。今の自分の実力の中から出来ることを見つけて、より良い選択肢を選んでいくって感じかな」

「……む、難しいです」

「難しく考えなくてもいいんじゃない？　私からすればフィーアは戦ってるとき、物怖じせずに自信に満ち溢れているように見えるからさ。気にしすぎも良くないよ！」

「……そうですね！」

フィーアはラルの言う通り気にしすぎることをやめて、笑顔を見せた。

確かにフィーアは武器、つまり銃を持てば別人のようになる。

これはフィーアの長所であり、短所だと俺は思う。

＊＊＊

「さぁついに大会も終わりが近づいて参りました！　ついにベスト4決定戦！　そしてなんとなんと、この組み合わせは同ギルド対決！　このギルドは今大会で私たちを最も楽しませてくれていると言っても過言ではないでしょう！　それでは二人同時に登場してもらいましょう！　ギルド『テンペスト』より【努力】のリヴェル選手と【魔銃士】のフィーア選手の登場です！」

ワアアアアアアアアアアアアアアア！

俺は実況の合図を聞いて、登場する。

前方ではフィーアがペコペコと観客に頭を下げながら登場している。

「フィーアちゃん頑張れ！」

「リヴェルの野郎をぶっ倒せー！」

観客は俺の応援よりもフィーアの応援だった。

やはり美少女というのは得である。

なんとなく、ショックを受けた。

そして、俺たちは闘技場の中央に立ち、向かい合わせになった。

「よ、よろしくお願いします！」

フィーアは観客だけでなく俺にも頭を下げた。

「よろしくな」

フィーアはふぅ、ふぅ、と心を落ち着けながら深呼吸をした。

そして「試合開始」の合図が闘技場に響き渡った。

フィーアは即座に銃を取り出すと、まるで人が変わったように冷静になる。
俺を見つめる瞳はフィーアのものとは思えないほど冷たく感じた。
――だが、お前には明確な弱点がある。
先制攻撃はフィーアだ。
弾丸を俺目掛けて二発放つ。
そして、距離を取る。
これはフィーアの試合を観戦していて分かったこと。
始まりは大体こうだった。
それを他の対戦相手たちも気付いていていたはずだ。
だが、知っていても対処は難しい。
単純で強いからこそフィーアは何度もこの展開に持って行っている。
多くの冒険者はここで防御に出る。
盾で弾丸を防いだり、横に移動して回避したりする。
それはすなわち、距離を詰める絶好のチャンスを無駄にしていることと同じである。
俺は落ち着いて《模倣》を取得するときに必要となった《視力強化》を使用する。
このスキルを使うことで動体視力が上がり、弾丸を少しだけ目で追えるようになった。
それを初めの二発で確認し、身体をずらすことで弾丸をかわした。
そしてここからフィーアは何発もの弾を撃ってくる。

俺は駆け出した。

走りながら弾を避ける。

だが、数発の弾丸は食らわなければならない。

それは覚悟の上。

ＨＰバーは半分に減るが、俺はフィーアのもとに辿り着いた。

剣を振るう。

フィーアはそれでも焦ることなく、冷静な表情で距離を取ろうとする。

そう動くことは分かっている。

この場で剣を振るえば、フィーアにダメージを与えることは出来ない。

――だから俺は足をもう一歩踏み込み、フィーア本体ではなく両手で持っている拳銃を狙ったのだ。

カランカランと音を立てて、拳銃は地面を転がった。

「あ、ああ……」

フィーアの表情は一瞬にして青ざめていった。

怯えた表情でフィーアは拳銃を拾おうと駆け寄るが、俺は先回りしてその前に立ちはだかる。

試合を終わらせようと思えば、すぐに出来る状況だろう。

だが攻撃はしない。

「リ、リヴェルさん……私の負けです……し、試合を終わらせてくれませんか？」

「断る」

「……っ、ど、どうしてですか」

「さぁ、どうしてだろうな」

「あ、あの……私は今もの凄く怖いんです……勝てる見込みがなくなった今、早く試合が終わって欲しいんです！」

だろうな。

だから俺はこうしている。

「そのために勝ちを捨てるのか？」

「こ、こんなの負けたも同然です……」

「でもまだ負けてない。チャンスを捨てて、自分の殻に閉じこもるだけで良いのか？」

「……」

フィーアは黙り込む。

フィーアには成長してもらわなければいけない。

それはフィーアのためでもあり、俺のためでもある。

フィーアの弱点は素の性格。

諦めが早く、緊張にかなり弱い。

だが、これを克服出来れば、フィーアの戦闘力は飛躍的に上がることだろう。

「一度、本気になってみたらどうだ？」

「わ、わたしは……」

「集中して、頭をもっと使え」

フィーアの目が段々と俺を睨みつけるように鋭くなっていく。

「……つだって……」

「私はいつだって本気なんですから！」

フィーアは両手の人差し指を俺に向ける。

その先から魔力の弾丸が放たれた。

拳銃を使っているときに比べ、弾の速度は遅いが攻撃手段としては合格点と言える。

そして、その隙にフィーアは拳銃を拾った。

殻は破れたようだ。

だが、勝ちは譲れない。

なにせ何よりも優先すべきは俺が強くなること。

そのためにフィーアを強くし、それで自分のことが二の次になるようではダメだ。

拳銃を拾いに来ることが分かっていた俺は、フィーアの移動先、つまり拳銃に向かって既に剣を振っていた。

剣はフィーアに直撃し、そこからたたみかけるように二発目を当て試合は終了した。

「試合終了！　同ギルド対決を制したのはリヴェル選手！」

ワアアアアアアアアアアア！

……ブーイングが飛んでこなくて少しホッとした。

俺たちの会話は観客に聞こえていなかっただろう。

だから、あの状況は何かしらの読み合いをしている、とかそんな風に思ってくれたのかもしれない。

いじめているみたいに思われたら、間違いなく俺は非難されていただろうからな……。

「あのリヴェルさん……」

「ん？」

「なんかいい感じだったのに勝ちは譲ってくれないんですね！」

「そりゃな」

「もうなんであんな説教をしたんですか！」

「んー、フィーアのため？」

「ぐぬぬ……！　悔しいです！」

「ぷっ」

俺はつい吹き出してしまった。

「な、なんで笑うんですか！」

「ハハハ、悪い悪い。フィーアが悔しそうにしてるの初めて見たからさ」

クルトと戦っているときは一度も勝てなかったというのに、少しも悔しそうじゃなかったからな。

「だって！　あれは私に勝ちを譲る場面でしたよね！」

「仮に俺がフィーアに勝ちを譲ったところでお前は嬉しかったか？」

「はい！」

満面の笑みで答えるフィーア。

こいつにはプライドというものがないらしい。

「そうか、じゃあ悪いことをしたな」

「ほんとですよ。……で、でも、あの……ありがとうございます……」

弄ばれて負けたというのにフィーアは恥ずかしそうに感謝を告げた。

それはフィーアの中で少し変われた実感があるからかもしれない。

「どういたしまして」

その証拠にフィーアは闘技場で、観客が見ている中で、試合前と違い、緊張もせず普通に話しているのだから。

＊＊＊

ベスト4決定戦を勝ち抜いた俺は準決勝に臨んだ。

相手は最近新しく出来たギルドみたいで『ナイトブルー』という名前だった。

ここまで勝ち進んできていることもあり、相手の才能は【魔法剣士】という魔法と剣術、二つの才能を兼ね備えているものだ。

総合力で言えばアギトに並ぶレベルだったが、魔法と剣術が無難に上手いだけだったので、戦いやすかった。

準決勝の場で無傷で勝利した俺を観て、会場が更に盛り上がった。

それもそのはず。

決勝戦の相手であるクルトも今までの敵全てを無傷で倒してきたからだ。

俺のあとに行われた準決勝も無傷で制していた。

「いよいよ決勝戦！　この組み合わせを誰が予想出来たでしょうか！　いや、私たちは途中からこの対決を待ち望んでいたのかもしれません！　最後を飾るのに相応しい最強と最強の戦いを私たちは目撃するでしょう！　それでは登場して頂きましょう！　ギルド『テンペスト』より【努力】のリヴェル選手と【賢者】のクルト選手の登場です！」

ワアアアアアアアアアアアアアアアアアアアアアアアアアアアアアアア！

とてつもない歓声。

観客席は埋め尽くされて――いや、観客で溢れかえっていた。

決勝戦は今までの試合とは注目度がまるで違うことが肌で感じられた。

「いよいよ、だね」

中央に立ったクルトはいつもと変わらない余裕そうな表情だった。

「だな」

「まさか、こんな形で手合わせが出来るとは思わなかったよ」

「ああ、最高の舞台だ」

「どちらが勝っても負けても恨みっこなしにしよう」

「……そこは師匠である俺に花を持たせるべきじゃないか？」

あれ？

俺、フィーアと同じこと言ってない？

「ふふ、弟子に越えられる方が師匠冥利に尽きるだろう？」

「お前……俺のことを本当に師匠だと思ってるか？」

「どうだろうね、どちらかと言えばライバル意識を燃やしているかもしれない」

「だと思ったよ」

だから俺はお前に喜んで古代魔法を教えているのだけどな。

「さぁ皆さん！　この戦いの行く末をまばたきせずにご覧になってください！　それでは試合開始！」

ついに俺とクルトの決勝戦が始まった。

「せっかくだし、派手にいこうか」

クルトはそう言って、笑みを浮かべた。

「魔力は十分にある。いくらでも付き合ってやるよ」

「それは良かった」

お互いが一歩も動かない。

魔法使い相手には、開始と同時に駆け寄り、攻撃を仕掛けるのが定石とされるだろう。

だが、クルト相手にそれは少し危険だと俺は判断した。

クルトについて、フィーアは大会が始まる前にこう言っていた。

『……うう、だってクルトさんはおかしいんです。いくら攻撃しても平然と魔法を撃ち返してくるんですから』

この発言から、クルトはフィーアと同等、いやもしくはそれ以上の攻撃速度だと考えた方が良い。

近づけば、クルトの高火力の魔法が直撃する恐れがある。

だから俺は敢《あ》えて【賢者】の才能を持つ天才と魔法勝負をすることにしたのだ。

「フレイム」

クルトは魔法を詠唱した。

クルトの頭上に弧を描くように5本の炎の槍が出現した。

現代魔法について少し俺も理解を深めたが、あれは『フレイム』という魔法ではない。

『フレイム』は対象を火炎で攻撃する魔法だが『フレイムスピア』はそれの応用。

こいつは詠唱を省略出来ると言っていたが……なるほどな。

考える時間など与えてくれるはずもなく、クルトが出現させた炎の槍は5本全て俺に向けて放たれた。

対策など考えるまでもなく、俺は魔法を行使する。

『フレイムスピア』は火炎で作られた槍だ。なら消火してやればいい。

水を使うまでもない。

そして俺の思惑通り炎の槍は目前で消えていった。

「おおっと!?　これは一体何があったのでしょうか！　クルト選手が放った炎の槍がリヴェル選手の目前で消えてしまいました！　え、これ本当になんでですか？」

「リヴェル選手が魔力を使用した痕跡が見られるため、何らかの魔法を使用したことは明らかです。しかし、魔法は専門外なので何をしたのか、までは分かりませんね」

「シ、シドさんでも理解出来ないことをやってのけたリヴェル選手！　剣術だけではなく魔法も一流なのか!?」

今行ったことは炎の槍の進行方向を読み、風魔法でその空気中の酸素をなくしたのだ。

酸素のないところで炎を存在させるのは難しい。

広範囲になればとんでもない量の魔力を使うことになるが、この程度なら水魔法を使うよりも少ない魔力で済む。

「流石だね、やっぱり今までの相手と比べてリヴェルは圧倒的だ」

「そう結論づけるのは早いんじゃないか？」

「いや、十分さ。リヴェルとなら最高の遊びが出来そうだよ」

クルトは楽しくて仕方ないようで、満面の笑みを浮かべていた。

「……やれやれ」

最高の遊び、か。

クルトは魔法が本当に好きだということがもの凄く伝わってくる。

そもそも決勝戦を遊びと表現する時点でクルトは優勝することなどどうでもいいのだ。

俺と手合わせをしたい、ただそれだけだったのではないかと少し思った。

＊＊＊
「――どうなってんだこいつら……」

観客の一人がそう呟いた。

それは観客のほとんどがそう思っていることであり、誰もが固唾《かたず》を呑《の》んで戦いの行く末を眺めていた。

リヴェルとクルトが戦い始めてから既に15分が経過している。

他の試合に比べ、試合時間が圧倒的に長く、そして密度も濃い。

この戦いは既に新人冒険者の域を逸脱しており、高ランク冒険者同士の戦いと言えるほどだった。

クルトは「派手にいこう」という発言通り、高火力の魔法を好んで使っている。

だが、魔力が枯渇する様子はない。

クルトはリヴェルから古代魔法の知識を取り入れて、それを現代魔法に活かしていたのだ。

今のクルトに古代魔法を使うことは出来ないものの、その知識は現代魔法にも応用出来る。魔力を上手くコントロールし、他の魔法使いに比べ少ない量で大きな効果を持つ魔法を詠唱しているのだ。【賢者】という才能だけでなく、その発想力、応用力は天才と呼ぶに相応しいものだろう。

対してリヴェルもそれに付き合えるだけの魔法の技術を所持していた。

古代魔法を扱えるリヴェルは的確に状況を分析し、クルトよりも器用に魔法を使い、最小限の魔法でクルトの攻撃を防ぐ。

そして攻撃にもフェイクと本命を交ぜるなどの工夫を凝らした。

それでもなお終わらない対決。

二人の実力は正に拮抗していた。

＊＊＊

……さて、そろそろ魔力が尽きても良い頃だ。

あれだけの高火力の魔法を放って、何故枯渇状態にならないのかが不思議なぐらいなのだが。

魔力の量はあまり俺と変わらないはず。

だとすれば……そうか。

なるほど。

古代魔法の知識を現代魔法に応用させたか。

天才め。

「――リヴェル、そろそろ終わりにしよう」

クルトの顔から笑顔が消えていた。

「そろそろ魔力が尽きてきたか？」

「その通り。楽しみすぎたかもしれないね」

「ハハ、お前らしいな」

「宣言しておくよ。次で決める」

「……分かった。俺もそれに応えよう」

「ああ、そうでなくちゃね」

俺は鞘《さや》から剣を抜いた。

「ん、魔法じゃないのかい？」

「ああ、魔法の力比べを手合わせとは言わないからな」

距離を詰めれば魔法の餌食《えじき》になる。

そう思っていたが、今までの戦いの中である作戦を思いついた。

魔法で勝つのではなく、総合力で勝つ。

クルトはそれ以上何も言わない。

そして、俺は駆け出し、クルトは魔法を唱えた。

「ウィンドブラスト」

それは以前、クルトの従妹であるアーニャが繰り出した魔法だった。

しかしアーニャが放ったものとは違い、風の塊の輪郭がくっきりと見えた。

威力がアーニャのウィンドブラストの何倍もあることが窺える。

あれを食らえば一撃でＨＰバーがゼロになるだろう。

だが、それでも俺は突っ込んでいく。

そしてウィンドブラストが直撃した俺は姿を消した。

「なに!?」

クルトは魔力を感知することが出来る。

だから、普通ならクルトに残像なんて手段は通用しない。

しかし、魔法を撃ち合い、魔力の残量も少ないこの状況下なら一瞬だけは隙が出来るのだ。

俺はクルトが魔法を放ったと同時に駆け出し、そしてウィンドブラストが直撃する前に自分の残像を魔法で作製した。

クルトから見れば、ウィンドブラストと俺が重なっているため魔力を感知することは難しい。

万全の状態のクルトならば、何をしたか察しがついていたかもしれないが、今は魔法の撃ち合いで疲労している。

だからこのタイミングなのだ。

力比べならクルトが上だったかもしれない。

だが、手合わせとなると俺の方が強かったようだ。

まぁこれは本当に微々たる差だろう。

俺の方が勝利への執着があったに過ぎないのだから。

「最後まで付き合ってやれなくてごめんな」

クルトの背後に回っていた俺は剣を振るった。

「試合終了ォー！　今年のフレイパーラ新人大会を制したのはギルド『テンペスト』のリヴェル選手です！」

実況が俺の勝利を宣言すると、会場全体に歓声が響き渡った。

「リヴェル！　俺はお前が優勝すると信じていたぞ！」

「かっこよかったぞリヴェル！」

「剣術と魔法をあれだけ使えるとかお前何者だよ！」

そんな観客の声を聞きながら、俺は地面に座り込んだ。

流石に疲れた……。

クルトの相手は骨が折れるな。

魔力もほとんど残っちゃいない。

横になったクルトを見ると、苦しそうな表情をしていた。

魔力枯渇状態になったか……。

「……リヴェル、僕は今までの人生で一番楽しい時間を過ごせたよ」

クルトは苦しみに耐えながらもそう言ってくれた。

「満足してくれたなら何よりだ」

……。

だめだ、動こうにもクルトの試合で力を使い果たしてしまったようだ。
俺は仰向けになって倒れた。
観客たちの歓声は、まだ鳴り止まない。
その声を聞いていると、優勝したんだという実感が湧いてきた。
――だが、まだ俺はスタート地点に立ったに過ぎない。
俺が強くなるためにわざわざ選んだ冒険者という立場。
それを存分に利用するための最初のステップを踏んだに過ぎないのだ。
この大会のおかげで俺の知名度が上がったのは間違いない。
準備は整った。
――さて、そろそろ最強への階段を駆け上がるとしよう。

第六話　Sランクモンスター『マンティコア』

フレイパーラ新人大会の全試合が終了すると、俺とクルトは表彰台の上に乗った。

3位は準決勝で俺と戦った【魔法剣士】のようだった。

表彰台の上に立つと、観客席から多くの称賛の声が届けられた。

弱小ギルドだと思われていた『テンペスト』が1位と2位を飾っているのだ。

みんな驚きでいっぱいだろう。

表彰された後はフレイパーラの領主からありがたいお言葉と賞金を貰った。

賞金はなんと、優勝した俺に金貨100枚。2位のクルトに金貨50枚。

評判を良くするだけでなく賞金まで貰えるとは、至れり尽くせりだな。


大会が終わった俺たちはギルドに戻ると、結果をロイドさんに伝えた。

「ハッハッハ、リヴェルが優勝でクルトが準優勝か！　よくやったじゃねーか！」

ロイドさんは嬉しそうに酒をグビグビと飲んでいる。

顔は既に赤くなっており、酔っ払っていることが見て分かる。

「決勝戦は非常に良い勝負でしたね……。最高に楽しめました」

クルトは決勝戦のときを思い出すかのように喋った。

「そりゃ良かったな。クルトはフィーア相手に圧倒してたからなぁ」

「こ、これからはもっと善戦出来るようにしていくもん」

フィーアが言った。

「バカにする意味で言ったんじゃないぞ。それより、フィーアもベスト8とはよくやったなぁ！」

「ふふ、リヴェルさんに負けたので実質5位だからね！」

誇らしげに胸を張るフィーア。

フィーアの実力なら俺かクルトにさえ当たらなければベスト4にはなれただろう。

だからあながち間違いではなかった。

「お前ら本当によく頑張った！　今夜は俺の奢りだ！　これでパーッと美味いものでも食ってこい！」

そう言って、ロイドさんは銀貨を10枚、机の上に乗せた。

「お、お父さん……！」

フィーアは下を向き、感動からか肩をぶるぶると震わせていた。

「いいってことよ。これぐらいのことはさせてくれ」

ドヤ顔で対応するロイドさん。

「――貧乏なのに気前だけは良いんだからぁ～！　だからお金なくなるんだよ！」

感動していたのではなく、怒っていたみたいだ。

「賞金が出たので、大丈夫ですよ」

俺はそう言って、ロイドさんに銀貨を返した。

「お、そういや賞金が出るんだっけな。いくら貰ったんだ？」

「俺が金貨１００枚でクルトが金貨50枚です」

「……なるほど、じゃあこれはありがたく返してもらおうかな」

ロイドさんはそう言って、少しホッとしたような表情で銀貨を懐にしまい込んだ。

＊＊＊

大会が終わったことで、酒場やレストランはどこも大盛り上がりだ。

街を歩けば、よく声をかけられるようになった。

一躍有名人になったものだ。

一過性のものだとは思うが、多くの冒険者の中に俺の顔と名前は残っただろう。

冒険者をするうえで名前が売れるというのは、プラスに働くことが多い。

もっともそれが悪評であれば話は別だが。

どこも人で埋まっていたので、俺たちは高級そうなレストランに入った。

まぁ賞金が出たのだ。

これぐらいの贅沢《ぜいたく》をしたって許されるだろう。

案内された席に座り、俺たちは適当に料理を注文した。

「みんなお疲れ様～！　無事、３人の誰かが優勝出来て良かったわね！」

「そうですね！　流石リヴェルさんです！」

やはり話題は大会のことだ。

「フィーアのベスト8も十分凄いからな」

俺は一応フィーアに言っておく。

「そうね。話を聞いていると、フレイパーラ新人大会の参加者自体、実力のある人たちばかりみたい。だからその中でベスト8になれるってことはとてつもないことよ」

「そ、そうですかね？　……でしたら嬉しいです！」

……ふむ。

大会を通じて一番成長したのはフィーアかもしれない。

フィーアは悔しいという感情を覚えた。

それは大きなバネとなり、この先、フィーアはかなり実力を伸ばすだろう。

俺も負けてられないな。

その後、料理が運ばれ、食べ終わるとフィーアとクルトは眠ってしまった。

「よっぽど疲れてたのね」

ラルが二人の姿を見て言った。

「だな、もう宿屋に戻るか」

「そうしましょ」

二人を起こして、その日は終了となった。

＊＊＊

ん……。

目を覚ますと、時計の針は12時を指していた。

随分と眠っていたらしい。

起き上がろうとしたとき、視界が歪《ゆが》んだ。

「あれ……？」

力なく俺は背中から再びベッドに倒れた。

魔力枯渇状態か？　……いや、違う。

苦しくはないのに、耐えることが出来ない。

今までに経験したことがない不思議な状況だが、何故か恐怖を感じない。

次第に薄れていく意識に身を任せるように俺は目を閉じた。

そして気付くと、俺は何もない白い空間にいた。

なんだろうと、周りを見回すと一人の女性が現れた。

「こんにちは、リヴェルさん。私はこの世界の神です」

自らを神だと名乗る謎の女性。しかし、俺は「何を言ってるんだ?」とは思わなかった。

この普通じゃない状況で彼女が自分を神だと言うなら、そう仮定して話を進めるべきだ。

それに、クルトが「神の声を聞いた」という話をしていたこともあり、この女性が神であるという話も疑わないでいた。

「こんにちは」

俺は無難に挨拶を返すことにした。

「全く驚かないとは流石ですね、リヴェルさん」

神様の口ぶりは、まるで友達と接するようなものだった。

随分とフレンドリーな神様がいたものだ。

「しかし信じてもらえている方が話を進めやすいですね」

「……僕に何か話があるんですか?」

俺はクルトのように自分がすべきことを教えてもらえるのかなと予想した。

「ええ。貴方には伝えておかなければならないなと思いましてね」

「伝えておかなければならないこと……?」

「はい」

そう言ってから神様は、言うのを躊躇うように目を閉じた。

そして再び目を開いたとき、

「――アンナさんに命の危機が迫ってます」

と、衝撃の事実を伝えてきたのだった。

「アンナに命の危機が迫っている……？」

俺は神様の言葉を反芻《はんすう》するように口に出した。

何故、そのような事態になっているのか。

俺の頭にはいくつもの疑問が浮かび上がってくる。

「はい。アンナさんは今、英傑学園の課外授業中で魔物の討伐をしています。そこで、その地に眠る強力な魔物が目を覚ましました」

「目を覚ました、というのは本当ですか？」

「中々に鋭いところを突いてきますね。リヴェルさんは魔物が目を覚ましたのではなく、誰かの意図により目覚めさせられたのではないかと疑っているのですね」

「その通りです」

この状況を信じるも信じないも俺次第だ。

神様の戯言《たわごと》であることも考慮出来るが、その線は否定しておいた方がいい。

もしものことを考え、少しでも多くの情報を手に入れておきたい。

それがアンナを救うことに繋がるのなら尚更だ。

「その答えはノーです。全くの想定外の出来事であり、だからこそ私が貴方と話す機会が生まれたのです」

「どういうことですか？」

神様の含みを持った言い方が気になった。

「単刀直入に言いましょう。私がアンナさんを救う手助けをしてあげます」

神様の申し出は予想外のものだった。

「ありがたいのですが、何故そこまでしてくれるのですか？」

俺は先ほどから胸に抱えていた疑問をぶつけることにした。

クルトが神の声を聞き、俺と行動を共にしているのも神様が仕向けたことだ。

自惚《うぬぼ》れではないが、神様は俺のことをかなり気にかけていると考えて間違いないだろう。

今回のことも俺を気にかけているからこそ、持ちかけられた提案だ。

「私は単純に貴方を好いているのですよ」

「好いている……？」

「はい、だから私は貴方のことを気にかけているのです。既にお気付きでしょうが」

「ま、待ってください。好かれている理由が分かりません」

神様というのは特定の存在を好きになるものなのか？

気にかけられている理由が「好きだから」というので本当に正しいのか？

「私はこの世の全ての存在を平等に愛しています。ですが、それはリヴェルさんを好いているからに過ぎないのです」

「よく分かりません……」

「ええ、今はまだ話すべきときではないですから」

そう言って、神様は微笑んだ。

全ての運命を見据えているような、そんな雰囲気を感じた。

だったら、俺が考えるべきことはただ一つだ。

神様に好かれているというなら、それを有効に使えばいいだけのこと。

「分かりました。ではアンナを救う手助けの内容を具体的にお聞きしてもいいですか？」

「強力な魔物と対面したアンナさんの前に貴方を転移させます。その後はリヴェルさんの実力で強敵を討ち倒してください。討伐後は貴方が眠っている宿屋の一室に戻します」

あくまでアンナを救うのは俺自身というわけだ。

しかし、その機会を作ってくれるだけでかなりの助けになっている。

「なるほど、ありがたいです」

「ですが良いことばかりではありません。ここからは忠告です」

神様は初めて不安そうな表情を見せた。

「アンナさんを襲う強敵の名はマンティコア。今のリヴェルさんでは到底太刀打ち出来るはずもないレベルの魔物です。アンナさんを救いに行くというのは、自殺行為に等しいと言っても過言ではありません」

マンティコア。

その魔物の名を《英知》で調べる。

○マンティコア
全身が赤い体色をした獅子《しし》。皮膜の翼、尾に猛毒の針、3列に並ぶ歯を持つ。性格は凶暴で好んで人を捕食することから『人喰《く》らい』の異名を持つほどに恐れられている。冒険者ギルド連盟が指定する危険性を示すランクはS。


「かなりの強敵みたいですね」

「相手が強敵だということを知った上でアンナさんを救うか、その判断は貴方に任せます」

そんなの決まっている。

考える時間なんて必要ない。

「アンナを救わせてください」

相手が強敵かどうかなんて関係ない。

アンナに危険が迫っているなら俺はそれを排除するだけだ。

「……自分の命を失うことになっても、ですか？」

「はい」

「本当に後悔はありませんか？」

「アンナの命と自分の命を天秤にかけるまでもないですね」

そう言うと神様は再び微笑んだ。

「ええ、貴方はそう言うと思っていました。リヴェルさんはいつだってそうでしたから」

「……知っていて聞いたんですか？」

「もちろんです。そうでなければ最初からこのお話を持ちかけたりしませんもの」

「……そうですか」

良い趣味をしている神様がいたものだ。

おかげで俺はめちゃくちゃ恥ずかしい。

「転移の準備はよろしいですか？」

俺は目を閉じて深呼吸をする。

これから自分の実力以上の強敵と戦うことになる。

勝ってアンナを守るには玉砕覚悟で立ち向かわなければならない。

「……はい、いつでも大丈夫です」

「それではいきますよ」

神様がそう言うと、俺は光に包まれ、白い空間から消えて行った。

「あの保険では少し心許《こころもと》ないですね……。でもきっとリヴェルさんなら成し遂げてくれるでしょう」

リヴェルが消えた後の白い空間で神様は一人呟くのだった。

＊＊＊

英傑学園の課外活動の一環として、アンナたち一年生は王都の北にある森にやってきていた。

今回の課題は、クラスメイト4人で一つのグループを作り、協力して魔物を討伐するというもの。

学園生活が始まって間もない段階で、このような課題が出される理由は生徒同士の交流を深めるためだけでなく、これからの課題により実戦を意識して挑んでもらうためでもあった。

明るく優しい性格のアンナは、仲良くなった女友達を一人加え、内向的で口下手なクラスメイトの女子二人に声をかけて仲良くなろうと試みた。

二人は笑顔で承諾し、無事グループが結成された。

英傑学園の生徒だけあって、皆優秀な才能の持ち主だ。

この森林に生息する魔物では特に苦戦することなく、和気あいあいとした雰囲気で課題に取り組んでいた。

だが、その中でアンナはいち早く異変を感じ取った。

（……さっきから魔物の様子がおかしい。私たちを襲ってくるというよりも何かから逃げているような……まぁでも勘違いかな？）

勘違いだろうとは思ったものの、念のためアンナは皆に自分が感じ取った異変を伝えたが、

「きっと考え過ぎだよ。先生たちはこの森林に危険な魔物はいないって言っていたし」

と、一蹴された。

しかし、アンナの感じ取った異変は正しかった。

課題は倒した魔物の数と強さで評価されるため、真面目に取り組もうとしている生徒たちにとって、中途半端に投げ出すという選択肢はない。

だからこそ、危険をいち早く察知出来ない。

先生たちが言った、根拠のない「安全だ」という言葉を鵜呑《うの》みにし、不測の事態を考慮することが出来ないのだ。

その結果、アンナたちは「それ」と出会うことになった。

今までの魔物とは比べ物にならない大きさ。

全身が赤い色をした獅子。

皮膜の翼、尾に猛毒の針。

その姿は強さを象徴するに相応しいものであった。

マンティコアだ。

「な、なに、あれ……」

一人のクラスメイトが呟いた。

恐怖に染められた表情で目には涙を浮かべていた。

「に、にげ、なきゃ……」

小さくかすれる声を絞り出した。

「大丈夫……相手はまだ気付いていない。ゆ、ゆっくり物音を立てずに退けばきっと……」

アンナの判断は正しかった。

アンナたちがマンティコアに出会ったとき、奴は食事中だった。

長い眠りから覚めたマンティコアは腹を空かせており、食事に夢中になっていた。

今、静かにこの場を去り、あの化物の存在を教師に知らせることが出来ればなんとか無事に助かることが出来るだろう。

「キャァァ――」

恐怖に耐えきれなくなった一人が悲鳴をあげた。

すぐにアンナが口を押さえたものの、マンティコアは気付いてしまった。

魔物を食べることをやめ、次なる獲物を狙うべくマンティコアは動き出す。

魔物では満たされない。

好物である人間を食べなければいけない。

「気付いちゃったかー」

アンナの額に冷や汗が流れる。

「ごめんなさい、ごめんなさい！　迷惑かけて本当にごめんなさい！」

「いいの、あんなの見たら誰だって悲鳴をあげたくなっちゃうからね。よし、じゃあこうしよう。私が時間を稼ぐからみんなは逃げて先生たちに報告してきて」

「「えっ！」」

アンナの申し出に他のグループメンバーは驚いた。

それがどういうことを意味するか、分からないほど馬鹿ではない。

「そんなことしたらアンナちゃんが……！」

「大丈夫。なんとかしてみるから！　それに、一人でも多くの人を助けるにはいち早くアイツの存在を先生たちに知らせるのが一番だからね！」

笑顔でそう言った。

アンナの友達は頷き、二人を連れて逃げて行った。

薄情なわけではない。

まだ1ヶ月ほどの少ない時間だが、アンナと共に過ごしてきて変に頑固な性格であることを理解していたからこそだ。

良き理解者であり、良き友達なのだ。

アンナの目の前に現れたマンティコアは口からよだれを垂らしていた。

（……既に諦めムードだけど、みんなのためにも少しでも多く時間を稼がなきゃね）

そう思うアンナだったが、後悔がないわけではない。

（この学園に入って、少しは立派になれたかなぁ。……リヴェルに好かれるような女の子に私はなれたのかな）

だが、そんなことを考える時間すら許されない。

腹を空かせたマンティコアは獲物が逃げるのを待ってはくれない。獲物の血に濡れた牙を不気味に光らせて、アンナに飛びかかってきた。

「はや！」

そのスピードにアンナはなんとか反応し、横に跳んでかわした。

「ハァ……ハァ……」

かわすだけで呼吸が乱れる。

それだけマンティコアの放つプレッシャーが凄まじいのだ。

しかし、呼吸を整える暇もなく、間髪入れずにマンティコアは鋭い爪で攻撃を仕掛けてきた。

「ぐッ――」

剣で攻撃を受け止めたものの、威力を殺すことは出来ずにアンナは水平方向に飛ばされてしまった。

木の幹にぶつかるアンナ。

頭部から血が流れ、既に満身創痍《そうい》で為すすべはない。

圧倒的な実力者を前にアンナの心は折れてしまった。

ゆっくりと獲物を弄ぶように近づいてくるマンティコアにアンナは自分の死を悟った。

（……リヴェルは私のために高等部に入ろうとしてくれているんだよね。悪いことしちゃったなぁ。

……あぁ、もう一度会いたかったなぁ）

そう思うと、涙がこぼれた。

「……ごめんね、リヴェル」

これが最後の言葉だろう。

その言葉は届くはずもない。

死にゆく運命を悲しみながら、アンナは目を閉じた。

「呼んだか？」

その声を聞いた瞬間にアンナはすぐさま目を開いた。

「えっ、なんで……」

アンナは自分の前に立つ、その背中を幻だと思った。

戸惑うアンナに、その人影は振り向き、笑顔で言った。

「やれやれ、随分と早い再会になっちまったな」

優しい声がアンナの胸に染み渡った。

死ぬ間際に起こった嘘のようで本当の出来事に、アンナは一雫《しずく》の涙を流した。

それもそのはず。今、アンナの目の前にいるのは、彼女の大好きな人なのだから。

＊＊＊

神様に飛ばされた先は木々に囲まれた森の中だった。

マンティコアに直面したアンナの前ではないらしい。

「キュ？」

頭上から鳴き声が聞こえてきた。

まさかと思い、頭を触るとキュウがいた。

キュウも一緒に飛ばされてしまうとは……。

まずいな。

キュウの安全までも保証は出来ない。

『あるじ、ここどこ？』

『ここは危ない場所だ。俺の近くには寄らず、少し離れた場所にいてくれ』

『あぶないならあるじのそばにいたい』

『俺が敵と戦うからな。俺のそばにいたら尚更危険だ』

『わかった！　キュウ、はなれる！』

『物分かりが良くて助かる』

さて、とりあえずはアンナを見つけないとな。

そのためには探知魔法が役立つだろう。

魔物からは常に魔力が放出されている。

それは魔物が人間以上に魔力と親和性が高いからであり、多くの魔力を含んでいるため自然と外部へ魔力が漏れる。

探知魔法はその魔力を見つけるだけだ。

マンティコアほどの魔物となれば、一目瞭然だろう。

「……見つけた」

一際目立つ魔力に驚いた。

魔力の量と魔物の強さは相関関係にある。

予想以上に強い敵であることは明白だった。

そして、マンティコアのもとへ駆けつけた俺は木に力なくもたれかかったアンナを発見した。

俺がマンティコアの前に立ちはだかると、

「……ごめんね、リヴェル」

アンナの声が聞こえてきた。

「呼んだか？」

つい、反射的に返事をしてしまった。

仕方ないだろう。

好きな子に名前を呼ばれたら、応えないわけにはいかない。

マンティコアを前に会話をする余裕がないことは承知のうえで、俺はアンナの方へ振り向いた。

「えっ、なんで……」

アンナの驚愕する表情を見て、俺は頬が緩んだ。

今だけ、命の危険に晒《さら》されていることを忘れて俺は昔のことを思い出した。

何気ない日常――。

「やれやれ、随分と早い再会になっちまったな」

その日々を思い出し、俺はアンナを落ち着かせようと言葉を紡いだ。

そして目の前にいるマンティコアを凝視し、再び気を引き締め直す。

「アンナ、お前は絶対に死なせないからな」

「私のことなんていいからリヴェルは早く逃げて！」

逃げて、か。

アンナらしいな。

このままだとアンナは逃げずにマンティコアに立ち向かうだろう。

「お前を守りながら戦う余裕なんてない。邪魔だから早く逃げろ」

これで逃げてくれればいいんだが。

……いや、アンナが逃げても逃げなくても関係ない。

少し弱気になっていたようだ。

マンティコアを倒せば、それで全て解決だ。

改めてマンティコアを観察すると、凄まじい殺気をこちらに放ちながら、自らが強者であることを全身で示していた。

こうして間近で魔力の大きさを見ると、とてつもない化物であることが分かる。

ヤツの好物は人間。

食事の邪魔でもされたと思っているのだろう。

素早い動きで目の前にやってきたマンティコアは前足を振り下ろし、攻撃をしてきた。

上に跳び、マンティコアの頭に乗る。

俺のいた場所はえぐれており、一発食らえば致命傷であることが分かる。

「食らえッ！」

マンティコアの頭に剣を突き刺す。

しかし、表面の肉に刺さるだけ。

中には達しない。

これではわずかなダメージしか与えられていないだろう。

そこに背後から尻尾の毒針が伸びてきた。

マンティコアの頭から飛び降りて、その攻撃をかわす。

「さて、どうするかな……」

策がないわけではない。

とりあえず魔法を放ちながら距離を取る。

しかしマンティコアはそれをものともせずに距離を詰めてくる。

火、水、風、土、どの属性の魔法を使おうともマンティコアには通じていない。

魔法に耐性を持っているのか、それとも俺の魔法の威力が低いのか。

どちらかは分からないが、無策で全力で魔法を使い倒せなかった場合、俺の勝ち筋は消える。

勝機の薄い戦いであることは間違いない。

それに攻撃も速い。
マンティコアの攻撃で一番怖いのは毒針だ。
一番正確で、そして少しの軌道修正ぐらいは問題ないようで避けるのも困難。
防ぐのをミスれば身体が猛毒に侵される。
今までで一番、死が明確に感じられる。
集中しろ。
もっと集中力を高めろ。
……やるしかないんだ。
マンティコアを倒すには必殺の一撃《剛ノ剣》が必要不可欠だ。
おそらく俺が今放つことの出来る最大火力の魔法よりも破壊力は上だろう。
それだけ《剛ノ剣》は強さを秘めている。
だが、これは賭けだ。
《剛ノ剣》を放っても勝てるかは分からない。
これで決まらなかったときは……考えたくもないな。
「ハァ……ハァ……」
既に呼吸は荒い。
化物相手にいつまで体力が持つか……。
それでも俺がやることはただ一つ。

「……マンティコアに《剛ノ剣》をぶちかます」
これが最も勝率が高いなんて……分の悪い賭けだな。
――さて《剛ノ剣》は全身に魔力を均一に纏うことが前提となっている。
《魔力循環》で全身に魔力は流れているが、それは波のようなもの。
少しの動作で魔力は増減する。
最大、最小を繰り返す。
ロイドさんは、取得するには慣れることが一番と言っていた。
だから俺は何度も挑戦した。
結局、まだ取得することは出来ていないが、何か掴みかけている実感がある。
だが今取得するには慣れなんてモノをあてには出来ない。
試行回数は限られている。
いや、1回が限度だろう。
必ず何か必要な動作があるはずだ。
しかし、そんなことを考えている余裕はなさそうだ。
「グオアアアアア！」
マンティコアが雄叫《おたけ》びをあげた。
動きが更に素早くなり、縦横無尽に駆け回る。
魔物の本能を剥き出しにした攻撃。

合理的ではないゆえに攻撃が読めない。

「……俺も《身体強化》の出力を上げるしかないか」

常時発動の《鬼人化》に加えて《身体強化》を使うことで飛躍的に身体能力は上昇する。

この《身体強化》は魔力をどれだけ消費するかによって、能力の上昇率が変わる。

燃費は決して良くはないが、マンティコアに対抗するには魔力を消費するしかない。

まともに戦える時間は後わずか。

持って3分ってところか……。

「リヴェル危ない！」

アンナの叫ぶ声が聞こえた俺は咄嗟に背後から迫っていた毒針に反応した。

「……くッ」

致命傷は防げたが、左腕から血が流れる。

傷口が熱い。

奴の毒がかなりのものだと分かる。

マンティコアの毒に対抗するためのポーションは存在する。

だが、予定外のこの状況で俺が用意周到に持っているはずもなく、フレイパーラに戻ってからでなければならない。

全身に毒が流れることになれば、俺は死ぬだろう。

左腕は満足に動かない。

毒が既に効いてきているということだ。
魔力の流れを活性化させ、毒に対する免疫力を高めるぐらいしかない。
それが唯一の応急処置だ。
俺は身体中を流れる魔力を活性化させた。
そして気付く。
……あれ、傷口のところだけ魔力が一定に流れている。
増減する最大と最小の平均ぐらいの魔力量だ。
それは俺が求めていたもの。
《剛ノ剣》を取得するために欲していた魔力の流れだった。
でも、何故傷口のところだけが……？
よく観察すると、毒の成分が魔力の流れを乱しているようだった。
じゃあ毒が全身に回れば均一化出来る……？
いやいや、そんなことしたら俺は死んでしまうだろう。
そんな方法は使えない。
だから擬似的に毒を再現すればいい。
魔力の流れを乱す……それもただ乱すのではない。
魔力が均一になるよう乱さなければいけない。
だったら、乱すという表現はおかしいな。

――そう、これは制御だ。

均一になるよう制御しようと考えたことはあったが、今までその肝心のやり方が分からないでいた。

だが、この毒状態を経験したおかげでどうすればいいのか分かった。

魔力の抵抗となるように、この毒を再現すればいい。

毒を浴びせたマンティコアからは少し殺気が薄れた。

しかしそれはほんの一瞬。

慢心をやめ、確実に仕留めようと考えを変えたようだ。

ゆっくりとこちらに近づいてきていたが、それをやめ、先ほどのように襲いかかってきた。

この状況でマンティコアを相手にすれば、奴を倒すだけの魔力はなくなる。

まずいな……。

そう思っていたとき、辺り一面が光に包まれた。

＊＊＊

リヴェルがマンティコアと戦闘を開始したとき、キュウはどこか懐かしい匂いを感じ取っていた。

それがキュウの主人であるリヴェルが守ろうとしている少女からのものであることに気付いた。

離れていろ、と命令されていたキュウだったが、導かれるようにアンナのもとへ向かっていく。

『……ねぇ、どこかで会ったことある？』

キュウはアンナに念話で語りかけた。

「えっ？　だ、誰？」

『うえ』

「子竜……？」

『なつかしいにおいがする。でもキュウは見たことない』

キュウがこの子竜の名前であることをアンナは理解する。

「ごめんね。私も見たことないや。……それに会話に付き合ってもあげられないよ。リヴェルを助けなきゃ」

フラフラと立ち上がるアンナ。

『キュウもあるじたすけたい！』

「あるじ？」

『リヴェルのこと！』

「そっか、君もリヴェルが好きなんだね。……でも、死んじゃうかもしれないよ」

『だいじょうぶ。名前をおしえて！』

「名前？　ア、アンナだけど」

アンナは戸惑いながら自分の名前を告げた。

『アンナと会ってから、力がわいてくる。この力をアンナに使ってほしい』

「使う!?　え、どうやって？」

『ぼくにさわって、魔力をながして』

分からないことだらけであったアンナだったが、アンナも心のどこかで何故か懐かしさを感じていた。

何も根拠がないけれど、リヴェルを慕っている様子の子竜を信用することにした。

「こうかな？」

アンナがキュウに触れ、魔力を流した。

すると、キュウの身体は眩《まばゆ》い輝きを放った。

そしてアンナが目を開けると、先ほどまで小さかったキュウの身体は自分が背中に乗れるぐらい大きくなっていた。

「……何があったか分からないけど、これなら実力を発揮出来そうだね」

アンナは全てを理解せずに、自分にとって好都合であるというこの状況だけを理解した。

【竜騎士】の才能を持つが、アンナは今まで竜に騎乗した経験など一度もない。しかしキュウとなら大丈夫な気がしていた。

「キュウちゃん、お願い！　リヴェルを助ける手伝いをして！」

『うん！　一緒にあるじを助けよう！』

＊＊＊

辺り一面が光に包まれた。
これはマンティコアの能力か？
突然の出来事に警戒し身構えていると、
「リヴェル、ここは私に任せて！」
背後から風を感じた。
アンナの声だ。
そして、颯爽《さっそう》と俺の横を通りすぎていくドラゴン。
目測で全長約２ｍほどだが、どことなくキュウに似ている気がした。
まさか……。
あれはキュウなのか？
『あるじ！　今助ける！』
そう思っていると、念話でキュウの声が聞こえてきた。
『キュウ、お前なのか!?』
キュウの身体が何故大きくなっているのかはこの際、どうだっていい。
驚いている余裕なんて微塵もない。
今はマンティコアを倒すことが先決だ。
『うん！　あいつやっつける！』

大きくなったキュウの能力は未知数だが、身に纏う魔力はマンティコアの方が大きい。

アンナがキュウに騎乗し、【竜騎士】としての才能を発揮したとしてもマンティコアを討伐出来る可能性は低いだろう。

『倒すのは難しい。今は出来るだけ時間を稼いでくれないか？』

『わかった！』

『無理はするなよ』

アンナとキュウのおかげでマンティコアの標的は俺でなくなった。

このチャンスを逃せば、完全に勝機はなくなる。

キュウとアンナはマンティコアを相手にどれだけ時間を稼げるか。

そして、俺の身体は後どれだけ保つのか。

タイムリミットは近い。

だが、分かることは失敗すれば全員死ぬということ。

死なせはしない。

必ず、マンティコアを倒してみせる。

「ぐっ――」

毒が段々と身体を侵食してきている。

フラフラとする。

身体が自分のものではないような感覚。

苦しい。

吐き気がする。

……そんなの今まで嫌というほど味わってきただろ。

大きく深呼吸をする。

目を閉じ、自身の身体に流れる魔力に意識を集中させる。

アンナとキュウが作ってくれたこの時間。

無駄にするわけにはいかない。

マンティコアの毒によって閃《ひらめ》いた魔力の制御方法。

それを慎重に、そして迅速に応用していく。

——出来た。

今の魔力の流れは均一だ。

あとは、この状態を用いて剣撃の瞬間に全身を硬直させるだけ。

この状態で剣撃を放てば、間違いなく《剛ノ剣》を取得出来るだろう。

……だが俺には二つ違和感があった。

一つは、果たして《剛ノ剣》でマンティコアを倒せるのか？　ということ。

自分が取得出来ていないものを取得すれば、マンティコアを倒せる可能性が高いというだけで、必ず倒せるという確信があるわけではない。

必殺の一撃と言われるほどの威力があることは間違いないが、俺は《剛ノ剣》を改良する方法を思いついたのだ。

それがもう一つの違和感だった。

魔力は波のように最大、最小を繰り返し流れていく。

それが平均値になるように魔力を均一にさせる。

これは魔力の流れを全て用いるため、ロイドさんが言う全力の一撃であることは間違いない。

しかし、これを平均値の状態で維持するのではなく、最大値で魔力を維持すれば全力を超えた一撃が放てるのではないだろうか。

そんなことが出来るはずがない。

そう思う自分もいたが、古代魔法を応用すれば――実現する可能性が高い。

現代魔法と違って、古代魔法は自由度が高い分、難易度が高い。

知識がなければ古代魔法を使うことすら出来ないのだ。

魔力を最大値にしたうえで均一にする。

それを実現させるには魔力の流れを均一にしたまま、魔力を増幅させるように古代魔法を自身に用いる。

しかし、魔力が均一になるよう制御しながら、古代魔法を使用するのはかなり難しい。

一瞬でも気を緩めれば、改良は成功しないだろう。

「ゲホッ」

毒のせいか、俺は吐血をしてしまった。

ポタポタと血が流れる。
……これぐらいのことで動揺するな。
集中力を切らすな。
自分を信じて、成功だけをイメージするんだ。

――よし、魔力を最大値で均一にさせることに成功した。
アンナとキュウは、粘り強くマンティコアと戦っているようだ。
無事だったことに一瞬だけ安堵し、俺は力強く駆け出した。
俺が瀕死であると思い込み、標的から外し、意識を向けていない今がチャンスだ。
しかし、俺がマンティコアに近づくと標的を俺に変えた。
「遅いな」
この状態は《身体強化》の出力を最大にしているときよりも、身体能力が高いことに気付く。
それもそのはず。
今、俺が纏っている魔力は自身の限界を超えたものなのだから。
マンティコアは尾の毒針を猛スピードで動かし、俺目掛けて突き刺そうとした。
俺が跳躍してかわすと、空中にいる俺に向けて尾は急速に反転した。
遊びは終わりだと告げるようにマンティコアも本気で俺を殺しにきている。
空中では自由に動けない。

だから俺は身を翻して、毒針を避ける。

空中で剣を構え、マンティコアの首に狙いを定める。

外せば、待っているのは死。

一撃で決められなくても同じ。

しかし不安はない。

限界を超えた今の自分が瞬間的にマンティコア以上の実力を有していると分かっていたからだ。

「終わりだ」

マンティコアの上に着地した俺は、必殺の一撃を放った。

『オリジナルスキルを創造しました』

そんなメッセージが聞こえると共に、マンティコアの首を両断した。

頭と身体が離れたマンティコアはゆっくりと地面に倒れていった。

地面に倒れたマンティコアはそれ以上動く気配がない。

倒したんだ……。

これでアンナは死なずに済む。

ホッと一息をつき、胸を撫で下ろした。

毒の具合は悪くない。

魔力が毒素を少しずつ分解し、克服しつつある。

まさかこんなことになるとは思わなかったが、これは嬉しい誤算だな。

「リ、リヴェル！」

アンナが俺のもとへ駆け寄ってきた。

その両腕には小さくなったキュウを抱えていた。

キュウは疲れたのか、目をつむって眠っていた。

「大丈夫？　どこか怪我してない？」

「……俺は大丈夫だけど、アンナは？」

「私は平気！」

「嘘をつくな嘘を。頭から血を流しているじゃないか」

「これぐらいならすぐ治るよ」

「……そうか。まぁ、大丈夫ならいいんだ」

「うん。それよりもこの子は一体何者なの？」

アンナの視線は抱えているキュウの方に向かう。

「……キュ？」

少し目を覚ましたキュウは返事をするように鳴き声をあげた。

「キュウって言うんだ。色々と事情があって、今は俺の従魔だな」

「あーごめんね。今キュウちゃん返すね」

俺はアンナからキュウを受け取ると、頭の上に乗せた。

「えっ、頭の上に乗せるの？」

「ああ、キュウは頭の上が好きらしい」

「なるほどねー、うんうん。そっか、キュウちゃんはいい子だね。この子のおかげで私はまた戦うことが出来たよ」

「そりゃ良かった。俺もアンナとキュウがいなかったらかなりヤバかった」

「こちらこそお役に立てて何より！　それよりもさ、リヴェルが最後に放った一撃凄かったね！　あの化物を一撃で倒すとは思わなかったよ！　――って、あれ!?　リヴェルはそもそもどうしてここにいるの!?」

多くの疑問がアンナの中に浮かび上がってきたようで、軽いパニック状態になっている。

……気持ちは分かる。

「助けてくれたり、リヴェルに会えたりしたことは嬉しいんだけど、気になっちゃって！　色々聞いちゃってごめんね」

「謝ることはないさ。最後の一撃は――」

《剛ノ剣》と言おうとしたが、あのメッセージを思い出した。

オリジナルスキルを創造したとのことらしいが、一体なんだったのだろうか。

《剛ノ剣》を改良したら、俺が独自で編み出したものだと判断されたのかもしれない。

父さんも自分で《鬼人化》を編み出したとか言っていたし、今までにない新たな技術を身につけたとき、それは新たなスキルとされるのかもしれない。

《英知》で調べてみると、どうやらその通りのようで、今回のように独自でスキルと言えるような技術を身につけたときには「オリジナルスキルを創造しました」というメッセージが聞こえてくるようだ。

少し間が空いてしまったが、俺は改まって答える。

「最後の一撃は《剛ノ剣・改》というスキルだな」

オリジナルスキルと言っても、もともとは《剛ノ剣》があったからこそ編み出せたものだ。

だったら、それに伴ったスキル名が良いだろうと思い、俺は勝手に《剛ノ剣・改》と名付けた。

「カッコよくて強そうなスキルだね！　それでリヴェルはどうしてここにいるの？」

「神様が教えてくれたんだ。アンナが危険だ、ってな」

「へー、神様って親切なんだね。才能を与えてくれるし、私たち人間を気にかけてくれているのかな？」

「きっとそうなんだろうな」

「それにしても予想外の再会だったね」

「そうだな。でももう少ししたら俺は元いた場所に戻らなければいけないんだ」

「……そっか、うん……そうだよね」

寂しげな表情を浮かべるアンナ。

名残惜しい気持ちは俺も同じだった。

「……久しぶりにリヴェルの顔が見れて良かった」

「ああ、俺もだ」

「でも私は今日リヴェルの姿を見て確信したよ。リヴェルは英傑学園の誰よりも強い」

「それは嬉しいな」

そう判断するのは少し早計な気もするが、アンナがそう思ってくれるのなら好都合だ。

俺が入学出来ないのではないか、と余計な不安をかけないで済む。

「リヴェルは高等部に間違いなく入ってくるから……また会えるよね」

確認するかのようなアンナの発言。

少しでも不安を拭いたい気持ちは誰しもが持つ。

「もちろんだ」

それを察した俺は自信満々に肯定した。

「……良かった。じゃあ私、これからもっと頑張るよ。リヴェルには絶対負けないからね」

「俺もお前だけには負けられないな」

アンナが戦わなくてもいいぐらいに強くなるのが俺の目標だ。

本人には絶対に言えないが、努力の原動力は間違いなくこの目標を達成することだろう。

「うん！　お互い頑張ろう！」

「そうだな」

「……あ、あのさ、お願いがあるんだけど」

「ん？」

「……う〜、えーっとですね……そ、その〜、また長い間会えないわけだからさ……ゆーって

「……い」

アンナは目を伏せて、手をもじもじと動かす。

俺は最後の方が、何を言っているのか分からなかったので、聞き返した。

「また言わせるつもりなの!?」

戸惑うアンナだが、聞こえなかったのだから仕方ない。

俺としてはアンナのお願いは出来るだけ叶えてあげたい。

「ああ、聞き取れなかったからな」

「……ぎゅーって、して欲しい……かも」

恥ずかしそうに上目遣いで俺を見るアンナ。

「……い、嫌ならいいからね！　今少し汗かいちゃってるし、汚いし！　変なこと言ってごめんね！」

不安になったのか、アンナは変なことを口走り出した。

俺は両手を伸ばしてアンナの左右の腕を掴む。

「えっ!?　な、なに!?」

「嫌なわけないだろ」

そう言って、俺はアンナを優しく抱き寄せた。

するとアンナは俺を強く抱きしめた。

しばらく俺たちは無言で抱き合った。

「これで満足か？」

「……うん。また頑張れそう」

「俺もだ」

アンナから腕を離すと、俺の身体を光の粒が包み出した。

「お別れの時間みたいだ」

「そっか。次会えるのは３年後かな？」

「そうだな」

「……うん！　分かった！　元気でね！」

アンナは寂しいだろうけど、その気持ちを表情に出さないよう笑顔を作った。

それがアンナの決意の表れであり、優しさなのだと思った。

「ああ、元気でな」

そして俺は転移され、気付けば宿屋の自室にいた。

「……あ～、疲れた」

俺はベッドに倒れて、眠りについた。

＊＊＊

アンナを助けた俺はあれから丸３日眠っていたらしい。

『テンペスト』に顔を出したとき、みんな喜んでいた。

随分と心配をかけてしまったようだ。

そして、どうやら俺が眠っている間に『テンペスト』にも大きな変化があった。

以前と違って、人で賑わっているのだ。

「どうよ、これ」

ギルド内を見回す俺にラルが自信ありげに言った。

「めちゃくちゃ賑わっているな」

「ええ、まずはギルドの利用者を増やさなきゃいけないからね。色々と商売を始めさせてもらったの」

「ほほう」

「冒険者が訪れやすくなるように道具屋、武具屋を開いたわ。それ以外にも酒場と宿屋を設けて、いつでも人がいる状態を作り上げることにしたの。『テンペスト』は無駄にギルドがでかいからね。場所には全然困らなかったわ」

「なるほど、それでこんなに賑わっているのか……ん？　店を営業するにも従業員や売り物が必要だろ？　それはどうしたんだ？」

「そこら辺の初期投資は私の方からさせてもらったわ。これでも個人資産は結構あったりするのよ」

「……大丈夫なのか？」

「ええ、成功を確信しているわ」

「流石だな」

俺の不安は杞憂だったようだ。

「そういえば、リヴェルが眠っている間に面白いニュースが世間を賑わせたわ」

ラルは紙片をこちらに渡してきた。

どうやら記事が書かれているらしい。

その見出しには堂々と、こう書かれていた。

【英傑学園中等部一年生、Sランクモンスターのマンティコアを単独撃破】

……なるほど。

俺が転移してしまった後ではアンナがどう説明しようが、単独でマンティコアを撃破したと思われるだろう。

アンナに対する期待はかなりのものになったことだろう。

「凄いわね〜。中等部の一年生って私たちと同じ歳でしょ？　もしかしたらリヴェルの好きな子かもしれないわね」

「……ハハハ、そうかもしれないな」

ラルの鋭い見解に俺は乾いた笑みを浮かべるのだった。

特別書き下ろし　リヴェルの過去

フレイパーラ新人大会まであと3日。

《剛ノ剣》は、まだ取得出来そうにない。

少しずつ何かを掴めている実感はあるのだが、まだ全貌は明らかになっていない。

「リヴェルさん、難しい顔してどうしたんですか？　もしかして《剛ノ剣》のことで悩んでます？」

フィーアがウサミミをぴょこぴょこと揺らした。

俺はそのときハッと我に返って、今が食事中だということを思い出した。

「……よく分かったな」

「リヴェルさん、特訓に熱心なのは良いですけど、食事中ぐらいは気を抜きましょう。ね？」

「そうそう。そんなに張り詰めていると身体がもたないわよ。あとリヴェルが難しそうな顔してると楽しくならないからやめてよね」

確かに、ラルの言う通りだ。

せっかくみんなで食事を食べているというのに俺だけ特訓のことを考えているのは良くない。

「すまん……」

「でもそのストイックさはリヴェルの良いところだよ」

クルトは微笑みながらそう言った。

「あ、私もそれ思います。だって、私なんか特訓のことなんて絶対に考えたくもないですよ……」

特訓のことを思い出したのか、フィーアは苦虫を嚙み潰したような表情をする。

そんなに嫌なのか。

……まぁフィーアは俺が二丁拳銃を作製してから特訓を始めたから、その割にはハードな内容かもしれない。

「フィーアも十分頑張っているわ。もし、今の自分がまだまだだと思うなら、リヴェルの努力がおかしいからそう思うだけよ」

「あっ、やっぱりそうですよね！」

すまん、地味に傷つく。

「うんうん。とりあえず、リヴェルが余計なことを考えないように楽しい話をしましょう」

「唐突だな」

「ええ。会話なんてのは、そのときの思いつきで話すぐらいが丁度良いのよ」

「……そうか？」

「それならリヴェルさんに面白い話をしてもらいましょう」

矛先が再び俺に向かう。

「なんで俺なんだ？」

「当たり前じゃない。リヴェルがボーッとしていたんだから。その罰よ」

「ぐっ、何も言い返せないな……」

「リヴェルの面白い話か、興味あるね」

「クルト、お前もか……」

クルトまで興味を示してきたせいで、逃げ道がなくなってしまった。

面白い話か。

みんなの興味を引くようなもので、何かしらのオチがあるような話がここで言う面白い話なのかもしれない。

…………考えてみたけど何も思い浮かばないぞ。

俺はユーモアのセンスがないのかもしれない。

「フフフ、困っているようね。リヴェルには面白い話が沢山ありそうじゃない」

「本当か？」

ラルの言葉は渡りに船だった。

自分では気がつかない面白いエピソードをラルは知っているのかもしれない。

「前にリヴェルが話してた好きな子とのエピソードを語ってくれれば良いわ。面白そうじゃない？」

「おお、確かにそれは面白そうですし、気になりますねぇ……」

フィーアがニヤニヤしながら俺の方をじーっと見る。

これ、からかわれる気しかしないんだが……。

それに、アンナとの間に面白いエピソードなんてあったか？

……あぁ、そういえばこんなことがあったな。

面白い話、というのとはちょっと違うかもしれないが、一つ思い浮かんだ。それは子供の頃の思い出、失敗談だ。

この失敗が何かオチに使えるかもしれない。

そう思い、俺は少しその失敗談を振り返ってみることにした。

＊＊＊

あれは確か……7歳の頃の記憶だろうか。

あの頃の俺は《英知》で調べた知識を自慢気に話していた。

「竜が何年生きるかアンナは知ってるかー？」

「えー知らないよー」

「こんなこともアンナは知らないのか。竜の寿命は５００年で、めちゃくちゃ長生きなんだぜ」

アンナとは物心ついたときからいつも一緒だった。

「そんなに長生きするんだ！　じゃあそんなに長生きするんなら、どうして竜は少ないの？　私見たことないよ」

「えーっとだな……。あー、竜は長生き出来る分、生殖機能があまり高くないみたいだな」

「生殖機能ってなに？」

「子供をあまり産まないってことだ」

「えー、なんで？　家族は沢山いた方が楽しいのに」

「りゅ、竜にも色々あるんだ」

「へぇ～リヴェルは本当になんでも知ってるね」

「へへ、まあな」

俺はなんでも《英知》で調べていた。

みんなが知らないことを知っているのは気分が良かった。

そんな俺に大人は、

「物知りだね」

「天才だね」

よく褒めてくれた。

同じ歳の友達も知らないことを教えてあげられるから、

「リヴェル凄い！」

よく尊敬された。

7歳の頃の幼い俺にとって、それは嬉しいことであったし、他の人がどう思うかなんてことも考えたりはしなかった。

だから俺は失敗をしてしまう――。

ある日、俺がアンナと外で遊んでいると、二つ年上の子供3人が俺のもとへやってきた。

どこかで見たことある顔だったが、あまりよく知らない3人だった。

短パンを穿《は》いた奴に、坊主の奴に、ちょっと小太りな奴。

「お前がリヴェルって奴だよな？」

「そうだけど？」

俺がそう返事をすると、3人は顔を見合わせて俺をバカにするように笑った。

「お前さ、調子に乗ってるよな」

「なんでも知ってるからって何も偉いわけじゃねえからな！」

「お前が調子に乗らないよう俺たちがいじめてやるよ」

そう、俺は大人や友達には一目置かれていたが、少し年上の子供からは嫌われていたのだ。

要するに年下がチヤホヤされているのが気に入らないので、俺をいじめる、ということだ。

「ダ、ダメだよ！」

すると俺ではなくアンナが恐怖に怯えながらも声を振り絞って言った。

「うるせぇなー。ダメでもいじめるんだよ」

「黙らないとお前からいじめるからな」

「ひぃっ……リ、リヴェル、逃げようよ！」

俺の袖を摑んで、アンナはか細い声を出した。

「いじめってどんなことするんだ？」

そのとき、まだ幼かった俺は３人を煽るようにそう言った。

アンナの言う通り逃げておけば良かったものを、このときの俺は３人の言うように調子に乗っていたのだ。

……我ながら恥ずかしい思い出だ。

「決まってんだろ。すこ～し痛い目にあってもらうのさ」

予想通りだったので俺は《英知》で戦い方を調べた。

調べただけで実践出来るわけではないことは何となく分かっていたので、調べた内容の中から背後を取られないようにすればいい、ということだけを意識するようにした。

「分かった。その代わりお前らが痛い目にあうはめになっても別にいいんだよな？」

俺はどうして２歳上の子供３人を相手にここまで強気でいられたのだろうか。

……まぁ昔からこういう輩には絡まれる機会が多かったおかげで、色々と対処法を学べたわけだが。

「てめぇ、舐めたこと言ってんじゃねーぞ！」

「やっちまえ！」

３人は一斉に襲いかかってきた。

俺はアンナに少し離れるよう言った。

子供にとって、２歳の歳の差というのは大きい。

しかし、俺は5歳の頃から父さんの道場で剣術を習っていることもあり、２歳上の３人を相手にしても勝てると思っていた。

そして、その予想は的中。

俺は３人に勝った。

３人の攻撃を避けながら、隙が出来れば反撃を仕掛け続けることで、戦意を喪失させたのだ。

「お前！　ちょっと強いからって良い気になるなよ！」

「……あ、そうだ。いいこと思い付いたぞ！」

小太りの奴が他の二人にコソコソと話しかける。

作戦会議を終えた３人は俺の方を見て、薄気味悪い笑みを浮かべたかと思うと、坊主が俺に向かって突進してきた。

俺はそれを受け止め、足払いをして坊主を転ばせる。

「うわっ！」

坊主が地面に倒れると、残りの二人は走り出していた。

しかし、それは俺の方ではなかった。

二人が走っていく先には――アンナがいた。

「しまった！」

「バーカ！　今更気付いたっておせ――ふげっ！」

憎たらしく笑う坊主を殴り、俺は二人を止めるために全力で駆け出した。

「ひぃ――ッ！　こ、来ないで！」

アンナは悲鳴をあげながら後方へ逃げるが、

「きゃっ！」

道端に落ちている石につまずいて転倒してしまった。

すかさず短パンは、アンナとの距離を詰めていく。

「へっへっへ、これで逃げられねえぞ、って――ほげぇっ！」

だが、アンナに触れる寸前で俺が短パンを殴り倒した。

こうもすぐに俺が近づいてくるなんて思わなかったのだろう。

距離も少し離れていたし、坊主が邪魔に入っていたのだからそう思うのも仕方ない。

二人が地面に倒れ、残るは小太りだ。

「ハァ……ハァ……なんだよお前……！　足速すぎるだろ……！」

「俺をいじめようとするのは良いけど、アンナは狙うな」

「わ、分かったよ……悪かったたって、な？」

「もう二度とするな。次は容赦しないからな」

思い出していて恥ずかしくなるセリフだ。

どっちがいじめている側なのか、もはや分からない。

「……もういじめようなんて馬鹿なこと思わないよ」

「じゃあ、どっか行け！」

「は、はい！　すみませんでしたぁ！」

小太りの男は、ピンッと背筋を伸ばして俺に礼をすると、倒れている二人に、

「か、帰るぞ！」

早口でそう言うと、この場からすぐに去って行った。

「うぅ、痛い……」

俺は振り向いて、倒れているアンナのもとへ急ぐ。

「大丈夫か？」

「……うっ、ひ、わ……分かんない……足首が……ひっ……凄く痛いの……」

泣きながらアンナは足首を手で押さえている。

「ちょっと見せて」

「……う、うん」

見ると、足首は赤く腫れていた。

症状を《英知》で調べてみると、おそらく捻挫をしているようだった。

「歩けるか？」

俺がそう聞くと、アンナは立とうとしたが途中で痛がって、

「……ごめんねリヴェル……痛くて歩けない」

「謝らなくていい。背中になら乗れそうか？」

「た、たぶん……」

俺が屈むと、アンナは俺の肩を摑んで身を寄せた。

「ごめんねリヴェル、迷惑かけちゃって」

「良いんだ。気にするな」

そして、俺はアンナを背中に担いで家まで送った。


……このときの俺は素直に謝ることが出来なかった。

アンナが捻挫をしたのは間違いなく俺のせいで、それをアンナが謝る必要は全くない。

自分が悪いとは思っていながら、どこかで俺は悪くないと思う自分もいて、謝ることが出来なかったのだ。


――だから俺は失敗を繰り返す。


翌日、俺は近くの森にやってきた。

目的は、捻挫に効く薬草を見つけてアンナに届けるためだ。

だが、この森には魔物が出現するため子供だけで入ってはいけない。

と、大人たちからよく注意されていた。

やってはいけないことだと分かっていながらも俺は一人で森に入った。
アンナに怪我をさせてしまったことに対するけじめを付けたかったのだろう。
どこまでも俺は素直になれなかった。
一応魔物対策に、ないよりはマシだと思って父さんの道場から竹刀を拝借してきた。
「これも違う……あれも違う……」
森の中には色々な草が生えており、俺が求めている薬草と見分けるのに苦労した。
そのまま奥へ、奥へと進んで行く。
そして、ついに見つけた。
木漏れ日に照らされていて、自然と目に留まった。
地面から直接生えていて、葉の先端が白い、《英知》で調べた特徴通りの草だった。
「よし、あとはこれを持って帰るだけだな」
薬草を手に入れ、帰ろうとしたそのとき――。
「グオオオオオオオオオオオオオオオン」
低い鳴き声が森中に響いた。
ドサ、ドサ、と草木を掻き分けて進む足音がこちらに向かってくるのを感じた。
まずい、と俺は思って木の幹の裏に身体を隠したとき、その魔物は姿を現した。
梟《ふくろう》の顔に熊の身体をしていて、口元には鮮血が広がっていた。
あれは――アウルベアだ。

「――ッ」

俺は口に手をあてて、悲鳴が出そうになるのを必死で抑えた。

持ってきた竹刀なんか、あんな化物の前ではどう見ても無力だ。

音を立てずに見つからないことを祈りながら静かにしていた。

俺は木と一体化しているんだ、と自分に強く言い聞かせた。

実際には数秒の時間が、はてしなく長く感じる。しばらくすると、アウルベアの足音は次第に遠ざかって行った。

ほっと息を吐き、俺がこの場から逃げようとしたとき、ポキッと地面に落ちていた木の枝が折れる音がした。

その音が妙に響いたので、俺は恐ろしくなり、また木の幹の裏に隠れた。

ドサ、ドサ、と再び足音がこちらに向かってくる。

やはり、アウルベアは音に気付いていた。

しかし、先ほどと違ってすぐに立ち去っていく気配はない。

この辺りに獲物がいないか探しているようだった。

このままでは見つかるのも時間の問題だと思った俺は、一か八かで逃げ出した。

それにアウルベアが気付かないはずもなく、すぐ後ろを追ってきているのを感じる。

迫りくる恐怖に俺の心臓はバクバクと音を立てた。

そのせいで、すぐに息が切れてきた。

それでも俺は足を止めずに走り続けたが、意識が朦朧としてきて転んでしまった。

……あぁ、アンナと同じだ。

状況は少し違うが、アンナもかなり怖かったんだろうなぁ……と思った。

俺はごめん、とアンナに心の中で謝った。

そして背後を見ると、化物がよだれを垂らして俺を見つめていた。

「……クソ、こんなところで死んでたまるか」

俺は竹刀を化物に向かって投げつけ、再び走ろうとしたそのとき、

「――ったく、どこで何してるかと思えばこんなところで遊んでいやがったか」

目の前に、父さんが怒った表情で立っていた。

「と、父さん……？」

「ほらなにしてんだ。とっとと帰るぞ」

「え、で、でもアウルベアが……」

ふと、アウルベアがいつまで経っても襲ってこないことに違和感を覚えた。

「あぁ、それなら父さんが退治しといたから」

父さんがそう言うと、アウルベアは音もなく後ろに倒れた。

「……は？」

「リヴェル、家に帰ったら説教だからな」

「ちょ、ちょっと待って……父さん、いつの間にアウルベアを倒したの？」

「ハハ、お前もいつか分かるときが来るさ。なにせお前は――世界最強の息子なんだからな」

「……わけが分からないよ」

その後俺は父さんにめちゃくちゃ叱られたが、アンナのために薬草を採りに行っていたことだけは褒めてくれた。

そして、アンナに薬草を渡し、

「アンナ、ごめん！　俺のせいで怪我させちゃったから、そのお詫びにこの薬草を使ってくれ」

「え？　別にリヴェルのせいじゃないよ？」

「いや、俺のせいだ。俺が調子に乗っていたからこんなことに……」

「えー、そんなことないよ。……あ、じゃあ薬草じゃなくてリヴェルのお母さんが作ったパンが食べたいな！」

アンナは良いことを思いついたと言わんばかりに満面の笑みを見せた。

……この笑顔に俺はどれだけ救われたことか。

自分で自分が許せないと思っていたのに、アンナの笑顔を見ると何故か俺も一緒になって笑うことが出来た。

「ハハハ、じゃあパンも持ってくるからこの薬草で作った苦い薬もちゃんと飲めよ」

「うげぇ……苦いの嫌いだし、パンだけでいいよ！」

「ダメ」

……俺はこの経験から《英知》で得た知識を自慢気に話すことをやめた。

もうアンナを悲しませないようにしよう、と心に誓ったのだ。

＊＊＊

うーむ……思い出してみたは良いものの、これは完全にいわゆる黒歴史というやつだな。

流石にこれは話せないな。

「ほら、リヴェルさん、リヴェル！　早く早く！」

「リヴェルさん、ゆっくりでいいので昔のこと話してくださいよ〜」

急かすラルとフィーア。

……よし、良いことを思いついた。

《英知》で面白い話を調べて、それを話せば良いんだ。

「ふっふっふ、まぁ待て。昔のことを話さずとも俺には面白い話の一つや二つちゃんと用意してある」

「えー、そんなのよりリヴェルの昔の話が聞きたいわ」

「そうですよ。リヴェルさんの面白い話なんて興味ありませんよ」

「待て待て。話すべき内容が面白い話から昔話に変わってないか？」

「人々の需要はね、常日頃変化し続けているものなのよ」

「無茶苦茶なことを言うな。俺は面白い話を話すからな！」

そして俺は《英知》で調べた面白い話を語った。

……スべった。

「普通につまらないわ」

「リヴェルさん、ユーモアのセンスがないですね……」

「すまないリヴェル……こればかりはフォロー出来そうにないや……」

3人の評価はかなり低いようだ。

ぐぬぬ……《英知》め、許せん。

面白い話を調べたら面白くない話が出てくるなんてな。

クソ、俺は《英知》で何度失敗すれば気が済むんだ。

……そのせいで俺は結局、例の昔話をすることになってしまったのだった。

あとがき

はじめまして、蒼乃白兎と申します。

デビュー作はあとがきが存在しなかったので、僕自身初のあとがきになります。

今回『世界最強の努力家』を執筆するに至って、一番意識したことは「カッコいい主人公を書こう」ということです。

主人公リヴェルは、好きな子のためならどんな困難をも乗り越える男です。

確固たる信念を持ち、それに向かって真っ直ぐに突き進む姿は多くの人を魅了してくれるはず！

才能が【努力】ということもあり、世界の人々はそんな才能見たことも聞いたこともないって人がほとんど。

努力なんてみんなが当たり前のようにやっていることで、第一印象は「大したことない才能」だと思われがちです。

しかし、リヴェルの生まれ持つ《英知》というスキルと組み合せることによって、とてつもない相乗効果が発揮され、規格外の存在へと成長し、周囲を驚かせていきます。

この驚異的な成長速度は、主人公のカッコ良さに留まらず本作の魅力の一つだと思うので今後もそれを売りにしていきたいです。

さて、本作は「小説家になろう」で連載している作品で、この度アース・スターノベルさんにお声をかけて頂き、書籍化することになりました。

僕みたいな人が書いた文章を本にして、世に売り出すというのはとてつもない苦労だと思います。

書籍化に至るまでの作業に携わられた方々に最上級の感謝をしております。

紅林のえ様。素敵なイラストをありがとうございます。

魅力溢れるキャラクターをデザインして頂けて大変感謝しております。

編集者のI様。執筆にあたって大変お世話になりました。

1巻の内容だけでなく、色々なご相談に乗って頂けてとても助かりました。

コロナウイルスの影響で顔合わせ出来なかったのは残念ですが、収束したら是非よろしくお願いいたします。

最後に読者の皆様。

「小説家になろう」で読んで頂いた方、この本を手に取って読んで頂いた方、深く感謝しております。

読者の皆様への感謝でこの巻を締めくくりたいところですが、一つお願いがあります。

よろしければ、口コミをして頂きたいのです……！

友人に本を勧める、Ａｍａｚ○ｎで評価をつける、など色々あると思います。

『世界最強の努力家』を長く続けていくためには、どうしても売上が必要……。

皆様の宣伝は必ず売上に繋がると思いますので、ご協力のほど何卒よろしくお願い申し上げます。

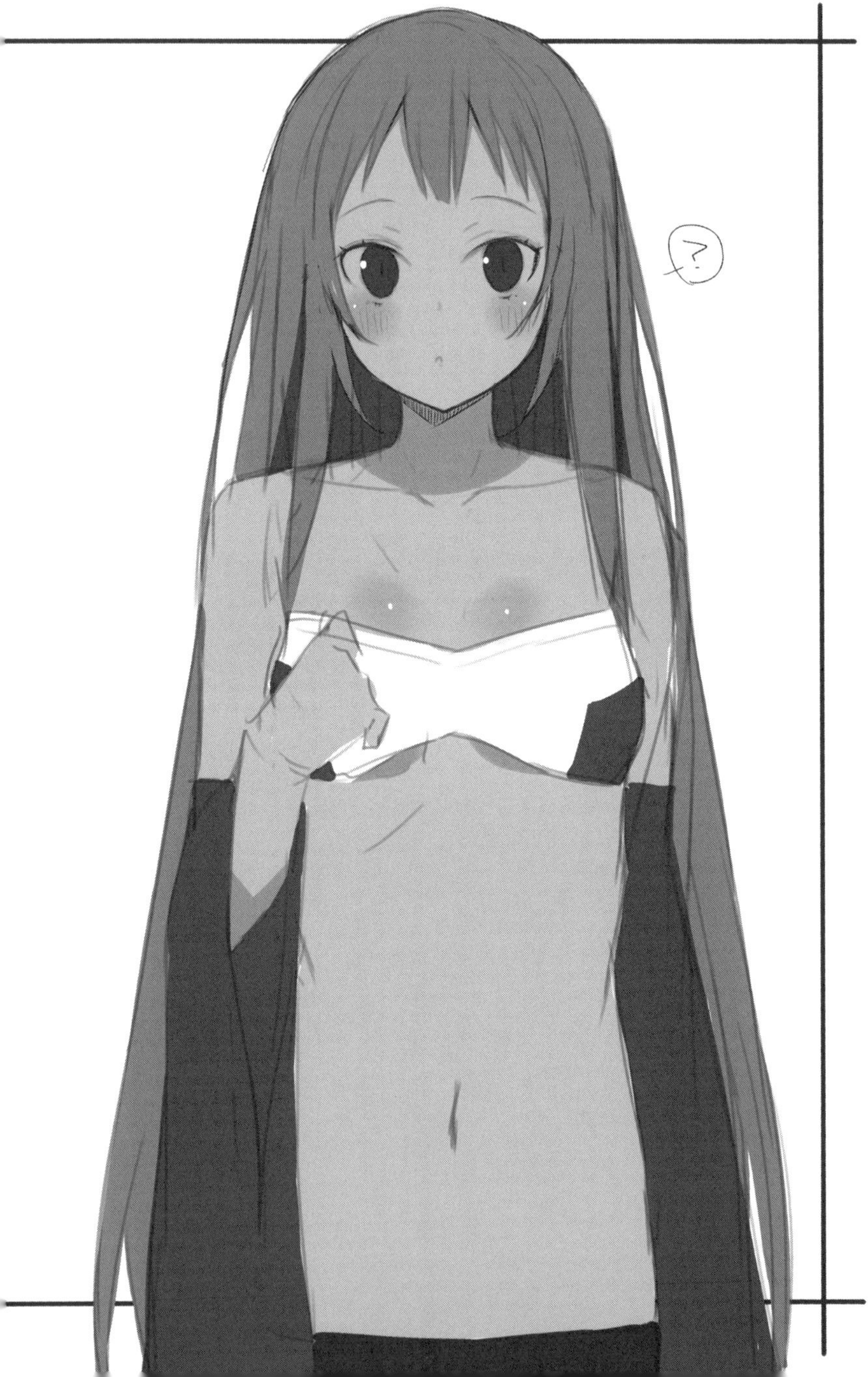

病めるときも、
健やかなるときも、
ラルちゃんが居れば
生きていけるんだなぁ。

のえを。

は、
ひた隠す
誰よりも美しく、
慈悲深い大聖女。
あなたはこうやって、
伝説となっていくのだ……
A Tale of The Great Saint
コミカライズ1巻
大好評発売中!!!
漫画:青辺マヒト
コミックアース・スターにて
連載中!!
https://www.comic-earthstar.jp/

あらすじ

従魔の黒竜が旅立ち、第一騎士団に復帰したフィーアは、
シリル団長とともに彼の領地であるサザランドへ向かう。
そこはかつて、大聖女の護衛騎士だったカノープスの領地であり、
一度だけ訪れたことのある懐かしい場所。
再びの訪問を喜ぶフィーアだったが、
10年前の事件により、シリル団長と領民の間には埋めがたい溝ができていた。
そんな一触即発状態のサザランドで、
うっかり大聖女と同じ反応をしてしまったフィーアは、
「大聖女の生まれ変わり、かもしれない者」として振る舞うことに…！
フィーア、身バレの大ピンチ！？

転生した大聖女
聖女であることを

十夜　Illustration chibi

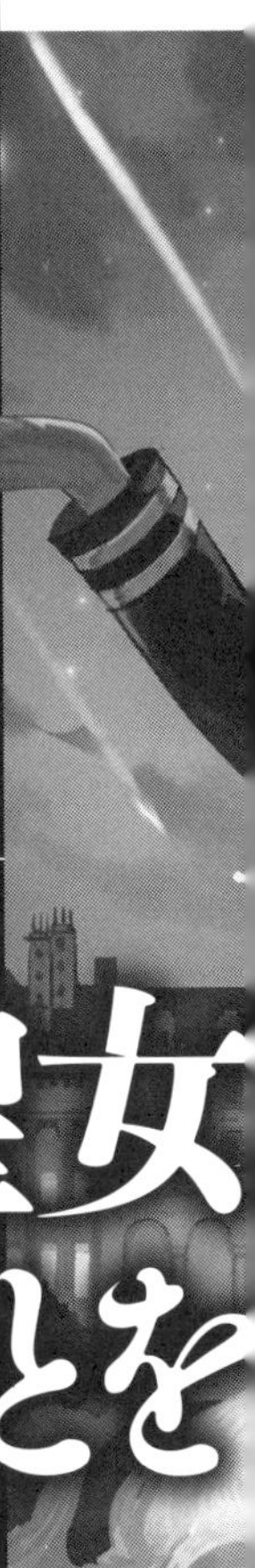

続々重版中！
400万PV越えの
超人気作!!!

転生したらドラゴンの卵だった

～最強以外目指さねぇ～

猫子 Necoco

ILLUSTRATION
NAJI柳田

異世界転生してみたら“卵”だったけど、
〘最強〙目指して頑張りますっ!

目が覚めると、そこは見知らぬ森だった。どうやらここは俺の知らないファンタジー世界らしい。

周囲を見渡せば、おっかない異形の魔獣だらけ。

自分の姿を見れば、そこにはでっかい卵がひとつ……って、オイ!　俺、卵に転生したっていうのかよっ!?


魔獣を狩ってはレベルを上げ、レベルを上げては進化して。

人外転生した主人公《イルシア》の楽しい冒険は今日も続く――!

コミカライズ
好評連載中！
2億7000万PV超の
大人気人外転生ファンタジー！
最新刊！

がココにある。
私の従僕
私、能力は平均値でって言ったよね!
二度転生した少年はSランク冒険者として平穏に過ごす
～前世が賢者で英雄だったボクは来世では地味に生きる～
転生したらドラゴンの卵だった
～最強以外目指さねぇ～
戦国小町苦労譚
領民0人スタートの辺境領主様
毎月15日刊行!!
https://www.es-novel.jp/

EARTH STAR NOVEL

世界最強の努力家
～才能が【努力】だったので効率良く規格外の努力をしてみる～　1

発行 ―――――――― 2020年6月15日　初版第1刷発行

著者 ―――――――― 蒼乃白兎

イラストレーター ―――― 紅林のえ

装丁デザイン ――――― 山上陽一＋藤井敬子（ARTEN）

発行者 ――――――― 幕内和博

編集 ―――――――― 今井辰実

発行所 ――――――― 株式会社 アース・スター エンターテイメント
〒141-0021　東京都品川区上大崎 3-1-1
目黒セントラルスクエア　8F
TEL：03-5795-2871
FAX：03-5795-2872
https://www.es-novel.jp/

印刷・製本 ――――― 中央精版印刷株式会社

ISBN 978-4-8030-1426-6